TRAUM QUELLE

Ein Märchenbuch

Roland Kübler (Hrsg.)
Martin Bauschke
Wolfgang Sewald

Die Deutsche Bibliothek - CIP-Einheitsaufnahme

Traumquelle : ein Märchenbuch / Roland Kübler (Hrsg.). [Ill.: Peter Tannrath]. - 1. Aufl. - Waiblingen : Stendel, 1999
ISBN 3-926789-31-X

Titel und Illustrationen: Peter Tannrath
Satz: Verlag Stendel
Druck: Windhueter, Schorndorf
Bindung: Nething, Weilheim
1. Auflage August 1999
ISBN 3-926789-31-X

Stendel

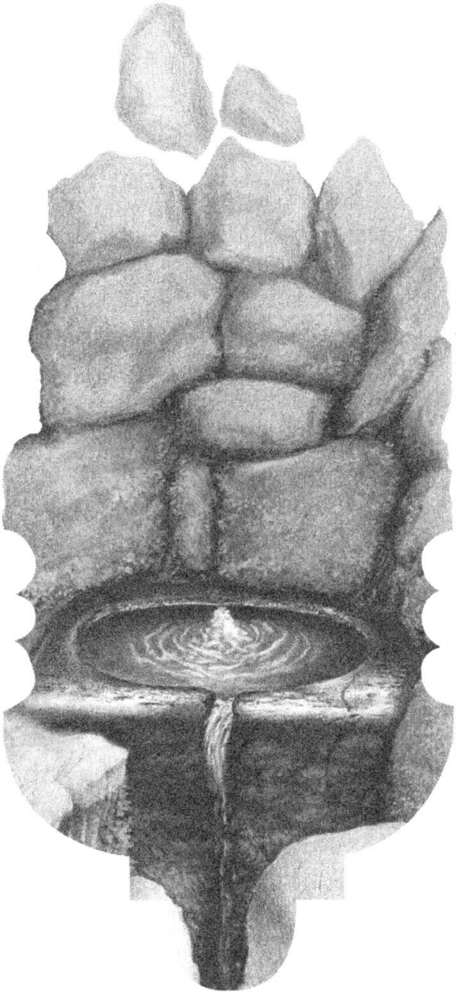

Roland Kübler

Traumquelle

In jener Zeit, als das Wünschen noch geholfen hat und die Menschen sorgsam mit der Welt und sich selbst umgingen, gab es weit hinter dem Stillen See, im Dunklen Wald eine Quelle, die von zwei uralten Alten gehütet und gepflegt wurde. Die beiden wohnten, seit undenklichen Zeiten schon, in einem kleinen Häuschen nahe der Quelle, und oft konnte man sie dort auf einer Bank sitzen sehen und dem Murmeln des Wassers lauschen, als würde es ihnen erzählen vom Woher, Wohin und Warum. Das mit alten Steinen gefaßte Rund der Quelle wurde von den Alten jeden Tag gesäubert und nicht die kleinste Verunreinigung trübte den quirrlend klaren Fluß des Wasser.
Kam jemand zu ihnen auf seinem Weg und bat darum, seinen Durst zu löschen, nahm die Alte ein feingewirktes Sieb. Damit tauchte sie in die Quelle, als wolle sie einen Fisch darin fangen. Mit dem Wasser, welches vom Sieb zurückbehalten wurde, füllte sie dann einen Becher, den ihr der Alte hinhielt. Manchmal brauchte es lange, den Becher zu füllen, manchmal fuhr die Alte nur einmal mit ihrem Sieb durch das Wasser der Quelle, und der Becher war bis an den Rand gefüllt.
Dorthin zu finden, war nicht einfach. Denn nur wer alleine über den Stillen See gerudert war und sich seinen eigenen Weg im Dunklen Wald suchte, fand hin zu der Quelle. Doch das nahmen die Menschen gerne auf sich, denn das kristallklare Wasser half ihnen, wenn Sorgen quälten und Probleme drückten; wenn die kleinen Nöte über den Kopf zu wachsen drohten, oder sie an sich selbst und ihrem Platz in der Welt zweifelten und nicht mehr weiterwußten auf ihrem Lebensweg.
Hatte man nämlich aus der Quelle der beiden Alten getrunken, konnte man sicher sein, daß die kommenden Nächte Bilder malen würden, in denen die Antworten auf alle Fragen zu finden waren, wenn sie nur achtsam betrachtet wurden.
„Niemals ist die Welt einfach so wie sie ist“, pflegten die beiden Alten zu sagen, wenn jemand seinen Durst an ihrer Quelle gelöscht hatte. „Deine Träume sind es, die sie erst erschafft und

formt. Darum achte gut darauf, was dir deine Träume sagen und raten."

Aus diesem Grund wurde die Quelle der uralten Alten überall im Volke Traumquelle genannt. Und die beiden selbst waren geachtet und geehrt, wie kaum jemand im ganzen kleinen Königreich.

Doch eines Tages kam ein fremder Händler ins Land. Auf dem großen Platz vor dem Palast errichtete er an den Markttagen seinen Stand. Mit bunten Tüchern aus fremdartigen, schillernden Stoffen war dieser geschmückt, und die Stimme des Fremden klang laut und durchdringend über den ganzen Markt: „Träume jeder Art und Farbe! Hier gibt es kleine Träume für wenig Geld und große, die auch nicht viel mehr kosten!"

Zunächst lachten die Menschen über den Händler. Weshalb sollten sie sich irgendwelche fremden Träume kaufen? Wann immer sie einen brauchten, bekamen sie ihn doch bei der Traumquelle, ohne dafür bezahlen zu müssen.

Doch stets ist Neugierde stärker als Vernunft.

Zuerst waren es nur einige wenige, welche man am Stand des Händlers feilschen sah, doch von Woche zu Woche wurden es mehr. So aufregend anders waren die Träume des fremden Händlers, als alles, was im kleinen Königreich bis dahin geträumt worden war. Sie lösten zwar nicht die Sorgen und Probleme, welche die Menschen bewegten, umtrieben und drückten, aber man konnte die Wirklichkeit und auch sich selbst vergessen, wenn man sie träumte. Denn jeder konnte alles sein in diesen Träumen: ein edler Held oder ein finsterer Bösewicht, die strahlend schöne Prinzessin oder das garstiges Monster, König oder Bettler. Und man konnte diese Träume immer wieder und jederzeit träumen. Wenn man dann einen Traum satt hatte, gab es stets neue zu kaufen aus dem scheinbar unerschöpflichen Vorrat des Händlers. Und der hatte schnell begriffen, wie man den Menschen ihr Geld aus der Tasche ziehen konnte.

„Kauft Träume, Leute, wenn euch euer Leben zu eintönig erscheint!" rief er auf dem Markt, wo sein Stand inzwischen der größte und farbenprächtigste war. „Kauft Träume, wenn euch die Welt nicht bunt genug ist. Bei mir gibt es jeden nur denkbaren Traum und manche, die noch nicht einmal gedacht worden sind. Wollt ihr wissen, wie die Welt wirklich ist? Dann kommt und kauft die Träume, die ich für euch bereithalte!“

Der königliche Ratgeber aber erhob warnend seine Stimme im Rat der Stadt und auch im Schloß. „Fragt den Händler nach der Herkunft dieser Träume,“ forderte er vom König. „Mir scheint, sie sind in Quellen gewachsen, deren Urgrund schlammig und trübe ist. Eure Untertanen vergessen darüber ihre eigenen, die wirklich wahren Träume. Und die sind es, welche das kleine Königreich wachsen und gedeihen lassen.“

Doch der König dachte an die schönen Steuern, die ihm dann der Händler nicht mehr zahlen würde und daran, was er in nächster Zeit noch alles an größeren Ausgaben würde tätigen müssen. Er beschloß, den Rat seines Ratgebers nicht zu befolgen und gab statt dessen dem fremden Händler Sitz und Stimme im Rat der Stadt. Doch sein Ratgeber ließ nicht ab, ihn zu warnen und wiederholte seine Vermutung Tag um Tag, bis der König eines Tages zornig rief: „Ich habe genung von Euren Ermahnungen und will Euch nicht mehr sehen! Macht, daß Ihr mir aus den Augen kommt!“

Erbost und gekränkt nahm der Ratgeber seinen Umhang, wandte sich ab und war seit jener Zeit nicht mehr gesehen. Weder im Rat der Stadt noch sonst irgendwo im kleinen Königreich.

Der fremde Händler aber konnte mit der Zeit kaum so viele Träume herbeischaffen, wie er auf dem Marktplatz verkaufte. Viele Bewohner des kleinen Königreiches hatten sich tief verschuldet, Hab und Gut verpfändet, weil neue, ungeträumte Träume wahrlich eine stattliche Summe kosteten.

Fragte man den Händler jedoch nach der Herkunft der Träume, wurde er, im Gegensatz zu seiner sonstigen Art, sehr einsilbig und murmelte etwas von Geschäftsgeheimnissen, und das gehe nun wirklich niemanden etwas an.

Bald schon war der fremde Händler der reichste Mann im kleinen Königreich, und seine Stimme im Rat der Stadt hatte großes Gewicht, obwohl er noch jung an Jahren war und noch nicht viel gesehen haben konnte von der Welt und dem, was sie auf ihrem Lauf um die Sonne am Drehen hält.

Seinen Weg zur Traumquelle fand schon lange niemand mehr. Weshalb auch? Gab es doch zu träumen ohne Unterlaß und dies ohne sich der Mühen zu unterziehen über den Stillen See zu rudern, um im Dunklen Wald seinen Weg zur Traumquelle zu finden. Und so geschah es, daß die Quelle der uralten Alten in Vergessenheit geriet und sich schon bald niemand mehr daran erinnern konnte, jemals dort seinen Durst gelöscht zu haben.

Aber noch anderes hatte sich verändert im kleinen Königreich. Etwas Unmerkliches, kaum Faßbares, breitete sich über das Land wie ein feingewobenes Spinnennetz, das alles weich und warm umhüllt und doch gefangenhält. Gingen die Menschen früher auf die Straßen und Plätze, um sich mit Freunden und Bekannten zu treffen, zu traschten, zu plaudern oder zu reden, schlossen sie heute schnell die Türen hinter sich, wenn sie in ihre Häuser gingen, um nicht gestört zu werden beim Träumen ihrer neuesten Träume. Obwohl die Menschen lachten ohne Unterlaß, wenn sie doch einmal mit anderen zusammentrafen und scheinbar fröhlich den Tag und ihre Zeit verbrachten, schienen sie bedrückt und krank, sobald sie sich unbeobachtet wähnten.

Die Geschäfte der Heilkundigen und selbsternannten Heiler gingen glänzend. Bei Kräuterhexen und zwielichtigen Zauberern drängten sich die Menschen wie seit der letzten großen Fieberseuche nicht mehr - und die war schon lange her. Sie suchten Rat und Linderung gegen eine Krankheit, die sich im kleinen Königreich ausbreitete wie eine unbekannte, alles bedrohende Seuche. Sie nahm den Augen ihre Sehkraft und den Ohren den Klang.

Die Menschen des kleinen Königreiches begannen blind und taub zu werden für die wirkliche Welt.

Das kleine Königreich darbte an dieser Krankheit seiner Bewohner: viele Felder lagen brach, das Vieh wurde nicht mehr gepflegt, das alte Wissen um das Geheimnis der Erde und der geheimnisvollen Metalle darin wurde nicht mehr weitergereicht die Sänger fanden niemanden mehr, der ihnen zuhören wollte das ganze Land lag trübe nieder, als ob es unter einer dicken schweren Wolkendecke begraben wäre. Einer Decke aus Träumen, deren Quellen schlammig waren und trübe.
Der Rat der Stadt tagte ohne Unterlaß. Doch niemand wußte was weiter geschehen sollte.
Allein der Händler sprach selbstgefällig lächelnd: „Ich werde tun, was in meinen Kräften steht und für einen guten Vorrat an Träumen sorgen. Das ist es, was das Volk jetzt am meisten braucht."
Während er das sagte, rieb er sich die Hände und leckte sich die Lippen, als würde er einen köstlichen Braten riechen.
Einer der Stadträte schüttelte müde den Kopf. „Das kann ich kaum glauben", murmelte er. „Wenn nur der königliche Ratgeber wieder an unserem Tisch sitzen würde. Der könnte uns sicher sagen, was zu tun ist."
Da erinnerte sich auch der König wieder an seinen Berater, den er vor Zeiten erbost von sich geschickt hatte. Zutiefst bedauerte er nun seine Rede von damals und seinen ungerechten Zorn. Überall ließ er nach ihm suchen. Allein der königliche Ratgeber fand sich nirgendwo im ganzen Königreich.
Da war guter Rat recht teuer geworden.
Der Händler aber verkaufte Träume in grellen, schrillen Farben, die polternd laut daherkamen. Denn nur diese konnten von den Menschen noch wahrgenommen werden, fast blind und nahezu taub, wie sie geworden waren, für die wirkliche Welt. Und sie wurden ihm aus den Händen gerissen, was er auch dafür verlangte.
Was war den Menschen auch noch geblieben, als die Träume, die ihnen der Händler auf dem Markt darbot? Die wirkliche Welt verblaßte immer mehr vor ihren erblindenden Augen und in

ihren Ohren war die wunderbare Melodie des Lebens verstummt. Bald ließen die Sorgen um sein kleines Reich den König des nachts kein Auge mehr zutun. So lief er in seinem Zimmer auf und ab. Von einer Wand zur anderen, bis er endlich müde war und schlafen konnte. Doch nach einigen Nächten half dies nichts mehr. Da schritt er allein durch die langen, nur spärlich erleuchteten kalten Korridore seines im Schlaf liegenden Schlosses.
Hierhin und dorthin.
Dorthin und hierhin.
Und in einer dieser Nächte geschah es, daß der König, bei den Wanderungen durch seinen Palast, gedankenverloren die schwere Tür zur königlichen Bibliothek öffnete. An diesem Ort war er schon lange Jahre nicht mehr gewesen. Erstaunt blickte er um sich, denn in der Bibliothek brannte irgendwo ein spärliches Licht. Der König sah die vielen alten und kostbaren Bücher und Folianten, die in hohen Regalen die steinernen Wände hinaufwuchsen und scheinbar kein Ende nahmen. All das Wissen vergangener Zeiten war hier niedergeschrieben. Langsam und mit wach werdenden Augen ging er weiter auf das Licht zu.
Er fand seinen Ratgeber lesend an einem Tisch sitzen. Seine Pfeife kringelte gleichmäßige Gedanken vor sich hin. Neben ihm stand eine mit Duftöl gefüllte Lampe, eine Karaffe mit dunklem Wein und ein Teller mit Essensresten aus der königlichen Küche. Überall auf dem Tisch lagen aufgeschlagene Bücher, vollgeschriebene Zettel und Blätter.
Der König räusperte sich ein wenig. Es geschah nichts.
Der König räusperte sich ein wenig mehr.
Der alte Ratgeber blätterte langsam und sorgfältig die Seite eines alten Buches um, paffte einen dichten Kringel dunkelblauen Rauches und vertiefte sich wieder in das, was er las.
Nun hustete der König, und zwar so lange, bis der alte Ratgeber, ohne sich umzuwenden, in ziemlich spitzem Ton sagte: „Sieh da, nun hat der König auch noch das Sprechen verlernt. Da steht es wahrlich nicht mehr gut um das Reich."

„Ich habe Euch überall suchen lassen?“ stotterte der König verwirrt.
„Überall?“ Der alte Ratgeber wandte sich um, schaute den König grimmig in die Augen und schüttelte dann den Kopf. „Ich war hier. Die ganze Zeit. Man muß mich nicht suchen, wenn man weiß, wo man mich finden kann.“
Zerknirscht senkte der König den Blick. „Ich war überheblich und hörte nicht auf Euch. Was ich tat, war ungehörig und eines Königs nicht würdig.“
Als der Ratgeber schwieg, an seiner Pfeife paffte und die Augen geschlossen hielt, räusperte der König sich erneut und erklärte weiter: „Es ist mir überhaupt nicht erlaubt, Euch vom Hof und meiner Seite zu vertreiben. Es sei denn, ich würde auch gehen. So habe ich es zumindest geschworen, als mir die Krone des kleinen Königreiches aufs Haupt gesetzt wurde.“
„Als ob ich das nicht selbst wüßte“, gab der alte Ratgeber ungerührt zurück, „schließlich war ich ja dabei.“
Dann schwieg er wieder.
Lange. Und noch ein wenig darüber hinaus.
Endlich hielt es der König nicht mehr aus und sagte: „Ich und das Reich brauchen Euren Rat.“
„Dazu bin ich da“, bekam er kurz und bündig Antwort.
Wieder brauchte der König seine Zeit. Dann sagte er: „Die Menschen im ganzen Reich erblinden und werden taub. Niemand weiß, woher die Krankheit kommt und keiner kennt ein Mittel dagegen.“
„Ich habe nachgelesen und Bücher geöffnet, die schon lange nicht mehr aufgeschlagen worden sind“, antwortete der Ratgeber und die geröteten Augen unter den nebelgrauen, verzwirbelten Augenbrauen blinzelten müde. „Ich denke, ich habe herausgefunden, weshalb die Menschen erblinden und taub werden. Den Menschen fehlen ihre Träume.“
„Aber das ganze Volk träumt ohne Unterlaß ...“, warf der König ein.

Der alte Ratgeber fuhr mit der Hand durch die Luft, als wolle er ein Spinnennetz zur Seite wischen. „Ihre eigenen Träume, meine ich. Die wirklichen Träume, welche aus einer Quelle kommen, die umsorgt wird und gepflegt, von Mächten, welche lange vor unserer Zeit schon am Muster des Lebens mitgewirkt haben. Nicht diese billigen Träume, dieser bunte Tand, der auf dem Marktplatz feilgeboten wird, dessen Ursprünge in verschlammten Quellen liegen und die mit dem bitteren Wasser der Gier genährt wurden." Er wandte sich ab, paffte heftig an seiner Pfeife und vertiefte sich in ein altes Buch, dessen zerfledderte Seiten er vorsichtig umblätterte.

„Aber dann sagt mir doch, was ich tun soll?" forderte der König den Ratgeber auf.

„Das Wasser der Traumquelle würde die Menschen heilen", antwortete dieser. „Doch die beiden Alten sind verschwunden, und die Quelle ist zu einem Rinnsal verkümmert. Ihr müßt hingehen und herausfinden, wie dies zu ändern ist."

„Das werde ich sofort veranlassen", beeilte sich der König zu sagen. Und froh, endlich etwas tun zu können, wollte er sich umwenden, um die entsprechenden Befehle zu erteilen.

Doch die schneidend scharfe Stimme seines Beraters ließ ihn innehalten. „Ich sagte Ihr und meinte auch Ihr!" Der Ton wurde ein wenig milder und ein mitfühlendes Lächeln erschien auf dem zerfurchten Gesicht des Ratgebers. „Ihr selbst, mein König! Denn es ist Euer Reich, welches es zu retten gilt."

So kam es, daß der König sich alleine aufmachte über den Stillen See hinweg, in den Dunklen Wald, hin zur Traumquelle. Es dauerte seine Zeit, bis der König seinen Weg zu ihr gefunden hatte, denn auch er war schon lange nicht mehr dorthin gegangen. So ging er manches Mal in die Irre, doch da er sein Ziel immer im Sinn behielt, kam er eines Tages an das, was von der Traumquelle übriggeblieben war.

Das war nicht mehr viel. Die alten Steine, welche die Quelle gefaßt hatten, waren eingebrochen und übereinander gestürzt.

Alles war dick mit schwarzgrünem Moos bewachsen. Dunkel und kümmerlich quoll etwas Wasser zwischen den Steinen hervor. Ein schmieriger, in der Sonne schimmernder Schleier von Schmutz und Staub und trübem Gemüt lag über dem ganzen Platz. Die Bank, auf der die beiden Alten oft gesessen hatten, um der Quelle zu lauschen, war geborsten, in das kleine Haus regnete es hinein, und der Wind pfiff darin ein garstig, kaltes Lied.
Unentschlossen sah sich der König um. Dann jedoch spuckte er in seine Hände und machte sich ans Werk. Er fertigte neue Schindeln für das Dach und richtete Stuhl und Tisch und Bett darin. So hatte er wenigstens eine trockene Unterkunft und ein wärmendes Feuer in der Nacht. Damit hatte er zu tun, bis der Mond voll und rund am Himmel stand. In dieser Nacht fand der König keinen Schlaf. Unentwegt heulte und jammerte es aus der Quelle, daß es das Herz eines alten Steines hätte erweichen können. Schließlich ging der König dahin, wo das kleine Rinnsal der Quelle noch zwischen einigen Steinen sickerte. Und im Mondlicht sah er dort einen Geist sitzen, der war so mager und abgezehrt, daß man ihn unter einer Türe hätte durchschieben können.
„Wer bist du?“ fragte der König. „Und warum jammerst du so herzerbarmend?“
„Ich bin der Geist der Quelle“, sagte die jämmerliche Gestalt. „Aber wenn sich nicht bald etwas ändert, werde ich diesen Ort verlassen und diese Quelle wird auf ewige Zeiten versiegen.“
„Aber warum?“ fragte der König. „Was muß geschehen, was muß sich ändern?“
„Schau dir an, was aus der Quelle geworden ist“, fuhr ihn der Geist hohlwangig an. „Wie soll darin ein Quellgeist wohnen können?“
Da zögerte der König nicht lange. Obwohl es noch tiefe Nacht war, machte er sich ans Werk. Unter den fachkundigen Anleitungen des Quellgeistes, schrubbte er im Licht des vollen Mondes von den eingebrochenen Steinen das dicke Moos herunter. Er

legte sie zur Seite und befreite mit seinen Händen den Grund der Quelle von allem Schlamm, verrottetem Laub, das der Wind hierher getrieben und den vielen kleinen Steinchen, die sich im Laufe der Zeit dort angesammelt hatten und den Fluß des Wassers aus der Tiefe der Erde verhinderten. Dann nahm er die gesäuberten Steine und faßte die alte Quelle sorgfältig neu. Zufrieden nickend sah ihm der Quellgeist dabei zu. Als der Mond die Welt verließ, war das Werk des Königs fertiggestellt.
Der Quellgeist dankte ihm überschwenglich. „Du hast mir mein Zuhause neu erschaffen“, sagte er. „Zum Dank dafür, will ich mich auf den Weg machen und den uralten Alten davon berichten. Sicher werden sie nun wieder hierher zurückkehren.“
Er sprang in die inzwischen munter sprudelnde Quelle und war in einem Augenblick hinter einigen Wasserkringeln verschwunden.
Müde wollte der König sich ausruhen und den aufziehenden Morgen erwarten. Doch da sah er das zerborstene Brett der Bank, auf welcher die beiden Alten immer gesessen hatten. So ging er los, suchte ein dickes, in Würde gealtertes Holz, hobelte es glatt und richtete so die Bank vor der Quelle.
Aufatmend setzte sich der König schließlich und sah sich um. Der Tag war vergangen. Es war Abend geworden, er war müde, und alles war zu seiner Zufriedenheit gerichtet. Durstig kniete der König vor der Quelle, faltete seine Hände zu einem Gefäß und trank von dem kristallklaren Wasser. Salzig schmeckte es, wie Tränen, die schon lange darauf gewartet haben, wieder fließen zu können. Aber es stillte seinen Durst, und danach schlief er in der Hütte einen tiefen Schlaf, der ihm heilsame Bilder brachte.
Als der König am nächsten Tag ausgeruht und voller Tatendrang zur Quelle ging, um sich zu waschen und seinen Durst zu löschen, lag dort auf den alten Steinen, die er gestern Nacht gesäubert, aufgeschichtet und neu gefaßt hatte, ein alter Becher und ein feingewirktes Sieb. Da wußte der König, daß die beiden uralten Alten wieder zurückkehren würden. Voller Freude setzte er sich auf die Bank und wartete.

Es war am frühen Abend als die beiden kamen. Hand in Hand schritten sie auf den König zu. Der Mond war eben aufgegangen und die Sonne bereitete sich ein flammendes Bett. Als die beiden uralten Alten sahen, wie alles wieder wohlgerichtet war, dankten sie dem König. Dann erzählten sie ihm, daß die Träume des fremden Händlers aus schlammigen Quellen mit bitterem Wasser kämen. Ihr Gift ließ die Menschen des Landes langsam blind und taub werden für die wirkliche Welt.

„Dein kleines Königreich ist nicht einfach was es ist", erklärten die beiden Alten dem König", sondern das, was jeder seiner Bewohner, in seinen Träumen hinzufügt. Es darbt und verkommt, weil keine wirklichen Träume mehr in ihm geträumt werden, sondern nur mehr fremde."

Sie gaben ihm einen großen Krug mit dem kristallklaren Wasser der Traumquelle und trugen ihm auf, damit die Träume des Händlers in der Nacht vor dem nächsten Markttag zu besprengen. „Du wirst schon sehen, was geschieht. Der Morgen ist klüger als der Abend. Warte nur ab", sagten sie beim Abschied.

Der König tat, wie ihm geheißen. In der Nacht vor dem nächsten Markttag sprengte er das Wasser der beiden Alten über die Auslagen des Traumhändlers. Wie gewohnt, war das Gedränge am Morgen an diesem Stand am größten, und schon am frühen Mittag war alles ausverkauft.

Der Händler rieb sich zufrieden die Hände. Die Menschen zerstreuten sich und gingen zurück, in ihre Häuser und Zimmer, die neuen Träume zu träumen.

Doch das Wasser aus der Traumquelle, mit dem der König den Stand besprengt hatte, blieb nicht ohne Wirkung. Die Menschen begannen beim Träumen zu erwachen. Erschrocken erkannten sie die dunkle Herkunft der Träume des fremden Händlers und sahen das Gift in ihnen.

Schon am nächsten Tag fanden die ersten Bewohner des kleinen Königreiches wieder ihren Weg zur Traumquelle der uralten Alten. Und von Tag zu Tag wurden es mehr. Alle bekamen ihren

Becher gefüllt und konnten die Inschrift lesen, die auf den alten Steinen, welche die Quelle wieder neu faßten, eingemeißelt war:

„Träume nicht dein Leben,
lebe deine Träume.“

Die Geschäfte des fremden Händlers aber gingen schlecht und schlechter. Denn kaum noch jemand wollte Träume träumen, die aus schlammigen Quellen mit bitterem Wasser kamen. Zu wichtig waren den Menschen wieder ihre eigenen, die wirklichen Träume geworden - und davon hatte der Händler recht wenig zu bieten.
Das kleine Königreich jedoch gedieh wieder und wuchs, denn die Menschen dort wußten nun, daß nur die eigenen Träume für die Wirklichkeit wichtig sind.

Martin Bauschke

Ein Tag im Hause der Weisheit

Pir Sulaiman saß im Kreise seiner Schüler, die aus aller Welt zu ihm ins Haus der Weisheit gekommen waren. Sie lauschten seinen Unterweisungen, offen für die Saat der Weisheit, die er in ihren Herzen aussäte. Jeder war dem berühmten Lehrer willkommen, welche Religion er auch hatte, wenn er nur die Bereitschaft mitbrachte, zuzuhören, nachzudenken und zu verstehen, statt den zu verurteilen, der anders glaubte und anders dachte.
Unter einigen Schülern war beim Morgenmahl ein Streit darüber entbrannt, welche Religion die wahre sei. Noch immer diskutierten sie wortreich und leidenschaftlich gestikulierend über die Fragen: Gibt es nur eine einzige wahre Religion, und wenn ja, woran soll man sie erkennen? Wenn aber nein, sind dann alle Religionen gleich wahr? Oder ist keine einzige Religion wahr, sondern nur Gott allein, oder der Entschluß, auf alle Suche nach Wahrheit zu verzichten?
Die Schüler wandten sich an ihren Meister.
„Hört diese Geschichte", sprach Pir Sulaiman, „mein eigener Lehrer, auf welchem der Friede des Höchsten ruhen möge, hat sie mir vor sehr langer Zeit erzählt.
Der König eines fernen Reiches bestellte eines Tages seine zwölf besten Baumeister zu sich. Jeder sollte ihm binnen zehn Jahren einen neuen Palast bauen. Welcher den prächtigsten bauen ließe, sollte ein Ehrenkleid erhalten und Erster Minister in seinem Reich werden.
Die Baumeister kehrten sogleich wieder in ihre Heimat zurück und entwarfen ihre Pläne. Jeder begann damit, am schönsten Ort der Gegend, in der er lebte, einen neuen Palast zu bauen, und jeder verwendete dazu das Material, mit welchem er am besten arbeiten konnte. Der eine baute einen Palast ganz aus Holz; der andere einen aus Marmor; wieder ein anderer baute einen Palast aus Glas oder aus gebrannten Ziegeln. Und so arbeiteten sie viele Jahre.
Als die Frist verstrichen war, rief der König seine Baumeister wieder zu sich. Doch keiner von ihnen war mit seinem Bauwerk

fertig geworden. Sie hatten viel Kraft und Zeit darauf verwendet, sich gegenseitig Schaden zuzufügen und den selbst erlittenen Schaden wieder auszubessern. Einer hatte einem anderen das Baugerüst umgeworfen, ein dritter das Material des Holzbaumeisters angezündet. Ein vierter hatte sogar versucht, die Baupläne eines anderen zu stehlen."
Der Lehrer sah seine Schüler ringsum an.
„Was, glaubt ihr, tat der König?"
Die Schüler dachten nach. Nach einiger Zeit wiederholte Pir Sulaiman seine Frage.
„Er gab ihnen noch einmal zehn Jahre Zeit", antwortete einer.
„Nein, er warf sie alle zur Strafe in den Kerker und bestellte zwölf andere Baumeister zu sich", meinte ein anderer Schüler.
So wurden viele Antworten gegeben. Pir Sulaiman gebot den Schülern Schweigen. Dann sprach er weiter.
„Der König schickte die Baumeister nach Hause. Er verbot ihnen, an den Palästen weiterzubauen. Und er wartete. Der König wartete sehr lange, so lange, bis zwanzig Jahre vergangen waren und die Söhne der zwölf Baumeister die Lehre bei ihren Vätern abgeschlossen und einige Erfahrung in ihrem Handwerk gesammelt hatten. Dann bestellte er die zwölf Söhne zu sich. Er reiste mit den jungen Baumeistern durch sein ganzes Reich. Nacheinander besichtigten sie die zwölf Paläste, die unvollendet dastanden, auf Bergen, inmitten von großen Wäldern oder an den Ufern prachtvoller Seen. Als sie alle Paläste gesehen hatten und wieder in die Hauptstadt zurückgekehrt waren, sprach der König zu den zwölf jungen Baumeistern: 'Wer von euch mir binnen zehn Jahren den schönsten Palast baut, erhält ein Ehrenkleid von mir und soll mein Erster Minister sein!'
Die jungen Baumeister hatten sich auf der langen Reise durch das Königreich allmählich kennen- und schätzengelernt. Beim letzten gemeinsamen Abendessen vor der Abreise beratschlagten sie untereinander, was sie tun sollten. Die ganze Nacht saßen sie beisammen und fanden keine Lösung.

Endlich schlug einer von ihnen vor: 'Laßt uns gemeinsam einen einzigen Palast für den König bauen, genau in der Mitte des Reiches, auf dem Hohen Berg, an dem, wie ihr wißt, alle Flüsse unseres Landes entspringen.'
Stundenlang saßen die jungen Baumeister und besprachen diesen Vorschlag. Sie einigten sich darauf, daß jeder heimkehren und von dem Palast des Vaters nehmen sollte, was am schönsten und besten gelungen sei. In einem Jahr wollten sie auf dem Hohen Berg zusammenkommen und mit dem mitgebrachten Material einen Palast erbauen.
Als das Jahr vorüber war, verwandelte sich der Hohe Berg in eine riesige Baustelle, die von zwölf Bauhütten umgeben war. Miteinander erbauten die jungen Baumeister den neuen Palast für ihren König. Alle Treppen und Säulen waren aus weißem Marmor. Die Böden und Wandtäfelungen bestanden aus den edelsten Hölzern. Die Mauern waren aus Ziegeln erbaut; die Fenster, Tische, Leuchter und sogar einige der Dächer waren aus bestem Glas geschaffen. So trug jeder das Schönste, was er hatte, und das, was er am besten konnte, zum Gelingen des Ganzen bei. Und ehe noch die Frist abgelaufen war, wurde der Palast vollendet.
Der König ließ sich von den Baumeistern durch jeden Saal führen, und an allem fand er großen Gefallen. Großzügig waren seine Geschenke. Jeder Baumeister wurde für einen Monat des Jahres Erster Königlicher Minister. Alle durften sie an der Tafel des Königs speisen. Und der Erste Minister war ihrer aller Diener und schenkte ihnen die Gläser voll."
Pir Sulaiman blieb eine Weile sitzen, ehe er sich erhob und den Raum verließ. Den weiteren Vormittag über dachten die Schüler über diese Geschichte nach. Dann kam die Zeit des Mittagsgebets, das jeder Schüler dem Ritus seiner Religion entsprechend verrichtete.
Beim gemeinsamen Mittagsmahl kam das Gespräch auf das Problem, weshalb so viel Leid und Böses in der Welt geschieht.

Der Streit gipfelte in der Frage: Wie ist all das Unrecht, das Menschen widerfährt, mit dem Glauben an einen gerechten und gütigen Gott vereinbar?
„Alles Leid ist nur die Illusion einer vergänglichen Welt", sagte einer der Schüler.
„Es ist bittere Wirklichkeit", widersprach ihm ein anderer. „Willst du das unschuldige Leiden der ungezählten Kinder leugnen?"
„Gott will es so", meinte ein dritter. „Er will uns damit prüfen und läutern."
„Ach was", bemerkte ein vierter, „Gott ist ohnmächtig! Nur der Schmerz und der Tod sind allmächtig."
Als die Schüler nach der Mittagspause wieder mit ihrem Lehrer im Kreise saßen, trugen sie ihm ihre Streitfrage vor. Pir Sulaiman schwieg eine Weile und dachte nach, ehe er sprach: „Ihr kennt mich und wißt, daß ich keine fertigen Antworten habe, sondern nur Geschichten. Hört die folgende!
Ein Lehrer begab sich mit seinem Schüler auf eine Reise. Der Meister hatte dem Schüler geboten, sich auf der Reise in Geduld und Schweigen zu üben. Unaufgefordert dürfe er ihn nichts fragen. Sie machten eine Fahrt übers Meer. Unterwegs begann der Lehrer plötzlich, mit einer Axt ein Loch in den Rumpf des Schiffes zu schlagen. Schnell drang das Wasser ein und das Schiff begann zu sinken. Glücklicherweise wurden sie und die meisten anderen Passagiere gerettet, doch einige sind jämmerlich ertrunken.
Der Schüler konnte sich nicht bezähmen und fragte den Lehrer: 'Warum habt Ihr das getan?'
Der Lehrer sprach: 'Der, der nicht weiß, und nicht weiß, daß er nicht weiß, wird durch Fragen nicht wissender. Schweige, wie ich dir geboten habe, und fasse dich in Geduld, bis dir vielleicht eine Antwort gegeben wird.'
Später führte ihre Reise durch die Wüste, die sie tagelang durchwanderten, ohne einer Menschenseele zu begegnen. Bald war der Vorrat an Brot und Wasser aufgebraucht. Halbverdurstet

gelangten sie an einen Brunnen. Auf seinem Rand saß ein Mann und schöpfte sich mit einem Gefäß, das an ein Seil gebunden war, aus der Tiefe das Wasser. Neben dem Brunnen, im Sand, lag eine schwere Axt.
'Gib uns zu trinken', bat der Lehrer den Fremden.
Der Mann, in dessen Augen gleichzeitig ein großer Schmerz und unbändiger Haß zu flackern schien, biß die Zähne zusammen. Er zog sein Trinkgefäß nach oben und gab ihnen Wasser. Da wandte sich der Lehrer um, ergriff die Axt und erschlug den Fremden. Entsetzt, ohne sich rühren zu können, sah der Schüler mit an, was geschah. Der Meister grub mit seinen bloßen Händen ein großes Loch, warf die Axt hinein und legte den Mann darüber. Er warf Sand über die Leiche, bis nichts mehr erkennen ließ, daß sich an dieser Stelle ein Grab befand.
Nachdem der Lehrer leise ein Gebet gesprochen hatte, konnte der Schüler nicht länger an sich halten: 'Meister, warum habt Ihr das getan?'
'Habe ich dir nicht gesagt, du solltest den Mund halten und lernen zu warten? Wenn du wenigstens zu denjenigen gehörtest, die wissen, daß sie nichts wissen, würdest du schweigen und abwarten, bis dir vielleicht eine Antwort geschenkt wird, ohne daß du vorlaut danach gefragt hättest. Wenn du nicht schweigen und warten kannst, kannst du nicht länger mein Schüler sein.'
Sie setzten ihre Reise fort, bis sie die Wüste hinter sich gelassen hatten und in eine Stadt kamen. Deren Bewohner waren sehr arm. In der Stadt befand sich ein halbverfallener Tempel, der von einem Kreis herrlicher alter Bäume umgeben war. Das Geschlecht derer, die diesen Tempel erbaut und darin ihre Feste gefeiert hatten, war längst untergegangen. Der Tempel und die Bäume ringsum waren den Bewohnern der Stadt jedoch immer noch heilig. Aber sie machten keine Anstalten, ihn wiederherzustellen. Dazu fehlte es an Geld. Es gab nicht einmal Geld, um Schulen zu bauen. Die Kinder störte das nicht im geringsten, wie man auf den ersten Blick sehen konnte. Ihnen war der alte Tem-

pel mit den Bäumen der schönste Spielplatz, den sie sich denken konnten. Viele unter ihnen waren elternlos und so arm, daß sie nicht einmal ein eigenes Dach über dem Kopf hatten. Sie lebten und schliefen hier.
Tagelang hielten der Lehrer und sein Schüler sich im Schatten der Bäume auf und sahen dem Spielen und Treiben der Kinder zu, die kaum Notiz von ihnen nahmen. Eines Nachts erhob sich der Lehrer und verschwand im Tempel. Nach kurzer Zeit schon drang Qualm ins Freie. Bald stand das Heiligtum in Flammen. Zu allen Seiten liefen die Kinder schreiend heraus. In dieser Nacht sank der Tempel in Schutt und Asche, und mit ihm verbrannten die herrlichen alten Bäume, die ihn umgaben.
Der Schüler konnte sich nicht länger beherrschen. Mochte der Meister ihn wegjagen, aber er mußte einfach wissen, warum er das alles getan hatte.
'Verzeiht, daß ich unsere Vereinbarung schon wieder breche, verehrter Meister, aber ich begreife Euer Verhalten nicht. Warum tut Ihr solche Dinge? Habt Ihr gar kein Herz für andere Menschen, nicht einmal für Kinder? Wie konntet Ihr ihnen das Einzige, das sie in diesem Leben hatten, rauben?'
Der Meister antwortete: 'Du kannst nicht länger mein Schüler sein. Doch ehe ich dich wegschicke, will ich deine Fragen beantworten, damit unser gemeinsamer Weg nicht umsonst war und statt Weisheit womöglich Torheit daraus erwachse. Bedenke: kein Unglück, das du siehst, geschieht zufällig. Und was im Schatten der Nacht schwarz aussieht, ist, im Licht der Morgensonne betrachtet, vielleicht weiß. Es hängt davon ab, wann du deine Fragen stellst, und wie lange du vorher geschwiegen und auf Antwort gewartest hast. Es gibt verfrühte Antworten. Und es gibt Antworten, die durch Schweigen und Warten allmählich heranreifen.'
Der Schüler sah den Meister verständnislos an. Dieser fuhr fort: 'Das Schiff, auf dem wir übers Meer fuhren, wäre am folgenden Morgen von Piraten versenkt worden. Sie hätten uns ausgeraubt

und dann mit Mann und Maus auf den Grund des Meeres geschickt. So aber sind die meisten wenigstens mit dem Leben davongekommen.
Der Mann, der uns in der Wüste begegnete, war voller Haß und Schmerz, wie du vielleicht bemerkt hast. Seine Braut hatte ihn verlassen und lebte nun mit einem anderen Mann zusammen. Als er herausgefunden hatte, wo sie wohnten, hatte er sich vorgenommen, beide aus Rache zu töten. Nun ist ihm die Möglichkeit, Blutschuld auf sein Gewissen zu laden, genommen worden. Die Gedanken an Mord und Totschlag in seiner Seele sind ausgelöscht worden durch eine gute Tat, die er am Ende seines Lebens getan hat. Anders wird er so vor seinem Richter stehen, als hätte er seine Hände mit Blut besudelt.
Den Kindern in der armen Stadt wurde ihr Spielplatz genommen, der ihr Leben erträglich gemacht, aber niemals verbessert hätte. Das alte Heiligtum verbrannte, weil sich unter ihm der Tempelschatz befindet. Die Kinder werden ihn finden, und es wird in dieser Stadt bald keine armen und obdachlosen Kinder mehr geben. Man wird Schulen für sie bauen, und sie werden lernen, für sich und für andere zu sorgen.'"
Pir Sulaiman verstummte. Nach einiger Zeit äußerte ein Schüler: „Dann könnte also jedes Leid, das geschieht, die Verhinderung von noch größerem Leid sein?"
Ein anderer fragte: „Gibt es dann nichts mehr, das absolut böse wäre, weil auch das Böse das Gute ermöglichen kann?"
Pir Sulaiman erwiderte: „Ich weiß es nicht. Einer, dessen Name gepriesen sei, weiß es am besten. Das ist das Einzige, das wir wirklich wissen können. Unser Wissen ist nicht mehr als Ahnen, Glauben und Hoffen."
Noch ehe die Schüler nachfragen konnten, fügte der Pir hinzu: „Redet miteinander über diese Geschichte. Heute Abend werde ich euch noch etwas dazu sagen."
Nachdem die Schüler ihr Abendgebet verrichtet und das Essen eingenommen hatten, versammelten sie sich wieder bei Pir Sulai-

man. In der Mitte des Kreises brannten einige Kerzen und Öllampen, die der Meister entzündet hatte. Der Pir blickte ringsum seine Schüler an und schnell verebbte auch das letzte Flüstern.
Er sprach: „Wer nach Leid und Unrecht in der Welt fragt, muß zuerst in sein eigenes Herz blicken. Was immer ein Mensch einem anderen zufügt, hat er zuerst sich selbst angetan." Die Schüler runzelten die Stirn. Pir Sulaiman fuhr fort.
„Meine Geschichte kann man auf zweifache Weise verstehen. Ich erzählte von einem Lehrer, seinem Schüler, von einem Schiff, einem Fremden und den Kindern. Was damit gemeint sein könnte, wenn es um gut und böse im Verhalten der Menschen untereinander geht, habt ihr doch heute Nachmittag diskutiert?"
Die Schüler nickten lebhaft.
„Doch das ist noch nicht alles. Mit dieser Geschichte ist noch mehr gemeint, versteht ihr?" Alle Schüler schüttelten den Kopf. Der Pir lächelte.
„Versucht einmal, die Geschichte wie einen Traum zu verstehen, den ihr letzte Nacht geträumt habt. Ihr habt von euch selbst geträumt. Ihr seid alle diese Personen. Die Geschichte ist auch ein Bild für den Pfad der Weisheit, den ihr hier in diesem Hause betreten habt."
Noch immer schienen die Schüler nicht ganz zu begreifen, was der Pir ihnen sagen wollte.
Dieser sprach: „Wer den Pfad der Weisheit betritt, begibt sich auf schwankenden Grund. Alle Sicherheiten, alle fertigen Antworten, alles vermeintlich sichere Wissen um gut und böse, wahr und falsch muß preisgegeben werden. Doch wer sein bisheriges Boot aufgibt, zerstört und sich dem Meer quälender Zweifel und Selbstkritik aussetzt, wird an ein Ufer kommen."
Erschrecken malte sich auf den Gesichtern einiger Schüler. Pir Sulaiman nickte:
„Ja, diese Reise ist gefährlich, wo auch immer wir hinkommen. Ist die Suche nach Weisheit nicht oft wie eine Suche nach Wasser in einer endlosen Wüste? Doch wer die Neigung zum Bösen

in sich erkennt und überwindet, wird weise werden. Der Fremde am Brunnen ist ein Teil von uns. Nehmt es als ein Bild für das innere Raubtier, das es zu zähmen gilt. Sogar das in unseren Augen Ehrwürdige und Althergebrachte muß unter Umständen geopfert und verbrannt werden, wenn wir die verborgenen Schätze und Früchte der Weisheit finden wollen. Versteht ihr jetzt allmählich?"

Die meisten Schüler nickten. Pir Sulaiman senkte seine Stimme zu einem Flüstern. Die Schüler beugten sich vor, um seine Worte verstehen zu können.

„Ihr habt nach dem Warum von Leid und Unrecht in der Welt gefragt. Ich gebe euch außer meiner Geschichte nur diesen Rat: Fragt nicht zu früh! Fragt weniger nach dem Warum, sondern nach dem Wozu! Und schließlich: Betrachtet zuerst euer eigenes Herz und stellt euch selbst in Frage! Hier fällt zuerst die Entscheidung über gut und böse, über wahr und falsch."

Stille und Schweigen breiteten sich über dem Haus am Ende dieses Tages aus. Ein Samenkorn der Weisheit war in die Herzen der Schüler gefallen.

Wolfgang Sewald

Der Duft der Rose

Die alte Frau sah aus dem Fenster und betrachtete in Ruhe ihren weitläufigen Garten. Sie folgte mit den Augen den Windungen des Weges, der noch immer unter einer dünnen Schneedecke lag. Nach gut fünfzig Metern entzog er sich ihrem forschenden Blick. Dort stand ein uralter Wacholderstrauch in immergrüner Schönheit und verbarg seinen weiteren Lauf.
Noch hielten die froststarren Finger des Winters den Garten mit ihrer unbarmherzigen Knute gefangen. Aber das würde sich bald ändern. Die alte Frau kannte sich aus mit dem Wetter. Sie spürte bereits in ihren Knochen, daß es bald umschlagen würde. Sie öffnete das Fenster und ließ sich die wärmende Mittagssonne ins Gesicht scheinen.
Wie wohl das tat. Ein Lächeln erhellte das von Falten durchzogene Gesicht, und der alten Frau war, als könne sie bereits die Bäume riechen und das frische Gras an den Füßen spüren. Viele Melodien hörte sie schon in ihrem Kopf: das Rascheln der Blätter im Wind, das leise Murmeln des kleinen Baches, der ihr Grundstück begrenzte, die hellen, klaren Stimmen der Vögel am Himmel und das Summen der Bienen, wenn sie geschäftig von Blüte zu Blüte eilten. Wie liebte sie diese Zeit, wenn Kälte und Dunkelheit sich allmählich zurückzogen und die Kraft des Frühlings sich in Wurzel und Stamm, Knolle und Staude zu regen begann.
Mit einem Schmunzeln, das tief aus ihrer Seele kam und ihr Gemüt erheiterte, schloß die alte Frau das Fenster, begab sich in den Keller und betrat ein Gewölbe, welches hinter dem Raum lag, in dem sie ihre Vorräte für den Winter aufbewahrte. Sie schaltete das Licht ein, nahm den obersten Karton eines hohen Stapels und stellte ihn auf einen breiten Tisch. Behutsam, fast zärtlich, entnahm sie ihm eine große Knolle, griff nach einem breitgefächerten Pinsel und säuberte sie damit von hartgebackenen Erdkrumen und von Sägespänen, die durch die Feuchtigkeit bereits Schimmel angesetzt hatten. Die Arbeit ging ihr leicht von der Hand, und schon bald hatte sie den Stapel Kartons, von

denen jeder bis zum Rand mit Zwiebeln und Knollen gefüllt war, um die Hälfte verringert.
Gegen Mittag hielt sie einen kurzen Erholungsschlaf und setzte danach ihre Arbeit fort. Als sie auch die Knollen des letzten Kartons gesäubert und noch einmal sorgfältig nach faulenden Stellen untersucht hatte, machte sie sich daran, die in jeder Kiste übrig gebliebenen Erdkrumen und Blätter zu einem Haufen zusammenzuschütten, den sie auf ein Kehrblech fegte.
Plötzlich stutzte sie und hielt in ihrer Arbeit inne. Neugierig tastete sie mit den Fingern durch den kleinen Haufen und, tatsächlich, sie hatte sich nicht getäuscht. Ein verdorrtes, faseriges Stück Holz lag in ihrer Hand. Sie betrachtete es eine Weile und drehte es wieder und wieder zwischen Daumen und Zeigefinger hin und her. Doch trotz ihrer jahrzehntelangen Erfahrung hatte sie keine Vorstellung, auf welche Pflanze dieser alte verkümmerte Stumpf hinwies. Zunächst wollte sie ihn zurücklegen, doch irgendetwas mahnte sie, den Stumpf nicht einfach in den Abfall zu werfen.
Nachdem sie ihre Arbeit beendet hatte, griff sie erneut nach dem Stückchen Holz und betrachtete es noch einmal ganz in Ruhe. Ein merkwürdiges Gefühl erfaßte sie, so als halte sie etwas ganz Besonderes in ihrer Hand. Sie schüttelte belustigt den Kopf und steckte das Holz in die Tasche ihrer Schürze.
Und dort blieb es bis zum Ende des Winters. Sie hatte es völlig vergessen.
Als die Märzsonne langsam den Boden erwärmte, und die alte Frau die Staudenbeete von ersten unwillkommenen Wildpflanzen säubern wollte, fiel es ihr wieder in die Hand. Sie schimpfte sich selbst eine vergeßliche Närrin und suchte einen kleinen, vom Licht verwöhnten Platz, wo sie das Stück Holz eine Schaufeltiefe unter der Erdoberfläche vergrub. Mit altem Reisig steckte sie einen Kreis ab, um die Stelle zu markieren.
In den Wochen darauf war sie mit der Pflege der Beete beschäftigt. Hin und wieder, wenn der Regen einige Tage ausblieb, goß

sie etwas Wasser auf besagte Stelle und lächelte über sich selbst weil sie einem offensichtlich leblosen Stück Holz soviel Zeit wid mete.
Als der April kam und Osterglocken, Krokusse und Hyazinther den Garten mit den ersten bunten Farbtupfern sprenkelten, wa: alles so weit vorbereitet, daß sie sich ein wenig Muße gönnte, un die folgenden Wochen zu genießen.
Der Mai war ihr Lieblingsmonat. Die Kraft der Sonne nahm mi jedem Tag zu, und überall schoß grünes Leben aus der weicher Erdkrume. Die Vögel waren emsig um ihren Nachwuchs bemüht und wenn sie sich im Gemüsegarten zu schaffen machte, folgte das Rotkehlchen ihr auf Schritt und Tritt, um vielleicht eine Abwechslung in seinem Speiseplan zu erhaschen.
Jeden Abend, wenn die Dämmerung anbrach, und die Natur all mählich zur Ruhe kam, setzte sich die alte Frau in ihrer Schaukelstuhl auf der hölzernen Veranda und betrachtete mi ihren noch immer hellwachen Augen den Wandel der Welt. Fas unmerklich verdunkelten sich die Umrisse der Bäume gegen der Himmel, und der erste Stern leuchtete auf. Ein Igel trippelte schnüffelnd über den Rasen und verschwand im dichtstehender Blattwerk der Stauden. Ein Fledermauspaar auf Nahrungssuche schoß mit aberwitzigen Kapriolen durch die Luft, und eine Amse sang ihr letztes Lied für diesen Tag.
Die alte Frau schloß mit einem wohligen Seufzer die Augen, unc während das Bild des Gartens noch eine Weile vor ihrem innerer Auge stand, begannen sich ihre Gedanken wie dünne Wolken im Sonnenlicht aufzulösen.
Und schließlich, als es ganz still war, hörte sie mit einemma einen leisen, verhaltenen Ruf. Von weit, weit her schien er zu kommen, wie aus einer anderen Welt. Sie öffnete die Augen Doch da war niemand. So schloß sie sie wieder, lauschte unc wartete. Wie seichte Wellen, die an das sandige Ufer rollen, stieg der leise Ruf an und ebbte wieder ab. Wieder und immer wieder.
Und dann, wie von einer geheimnisvollen Hand gezogen, erhob

sich die alte Frau und ging in den Garten, ohne eine feste Absicht, ohne ein Ziel. Für einen Moment bekam sie es mit der Angst zu tun und befürchtete gar, den Verstand zu verlieren. Dann schmunzelte sie. „Nun bist du schon so alt geworden", sprach sie zu sich selbst, „und fürchtest dich immer noch, bloß weil du etwas hörst, wofür du keine Erklärung hast."
Und die leise Stimme flüsterte weiterhin in ihrem Innern, forderte sie auf, den Weg fortzusetzen.
Leicht verwundert setzte die alte Frau einen Fuß vor den anderen. Ein sanfter Abendhauch streichelte ihr Gesicht, und als sie schließlich stehenblieb, sicher, den richtigen Platz gefunden zu haben, senkte sie den Kopf und stellte zu ihrer Überraschung fest, daß sie auf die von Reisig umkränzte Fläche blickte.
Worte, die sie immer tief berührt hatten, fielen ihr unvermittelt ein:

Schönheit ist wie ein Garten in ständiger Blüte
und eine Engelschar in stetigem Flug.
Schönheit ist Leben,
wenn das Leben sein heiliges Gesicht entschleiert.
Schönheit ist Ewigkeit,
die sich in einem Spiegel anschaut.
Aber du bist die Ewigkeit, und du bist der Spiegel.

Sie sah genauer hin und traute ihren Augen nicht. Dort, wo sie das knorrige tote Stück Holz der Erde anvertraut hatte, wuchs etwas. Sie ging in die Knie und betrachtete staunend den Sproß einer Pflanze. Noch war es ihr ein Rätsel, was daraus werden würde. Behutsam näherte sie sich mit ihrer Hand und strich versonnen mit dem Zeigefinger über das frische, so verletzlich wirkende Grün.
„Wer bist du denn?" sagte sie so liebevoll, als spreche sie mit einem kleinen Kind, das neugierig seine Nase in ihren Garten steckte. „Bist du eine verwunschene Fee, die sich in einer Pflanze versteckt?" hörte sie sich leise fragen und zweifelte ernsthaft

daran, ob sie noch alle fünf Sinne beisammen habe.
Langsam zog sie die Hand zurück, und gerade als das Licht des fast vollen Mondes hinter einer Wolkenbank hervorlugte, tauchte der Igel aus einem nahen Gebüsch auf und schnupperte aufgeregt.
Die alte Frau verharrte in der Bewegung und beobachtete lächelnd den drolligen stacheligen Kerl, der sich jetzt durch eine schmale Öffnung des Reisigs zwängte und auf den frischen Sprößling zubewegte. Im ersten Moment wollte sie ihn verscheuchen, da sie befürchtete, er würde ihn zertreten. Doch zu ihrer Überraschung blieb er stehen und sah dabei ganz so aus, als mustere er die kleine Pflanze.
Eine ganze Weile stand der vierbeinige Gesell so da und rührte sich nicht. Dann ging er einmal um den Sprößling herum und verschwand wieder im Gebüsch.
Die alte Frau fühlte, wie ihr Herz sanft in der Brust schlug und sich ein warmes Gefühl ausbreitete.
„Seltsam", murmelte sie leise vor sich hin. „Wirklich sehr seltsam."
In den folgenden Tagen und Wochen ging sie jedesmal zur selben Zeit, wenn das Tageslicht verblaßte und die Abenddämmerung anbrach, zu der kleinen Pflanze, gab ihr Wasser und schenkte ihr alle Aufmerksamkeit, die sie zu vergeben hatte. Wie von selbst begann sie dann ein Lied zu summen, und je öfter sie es tat, desto vertrauter wurde sie mit der Pflanze, die jetzt schnell wuchs und ihre dornigen Stengel gen Himmel reckte. Es war ohne Zweifel eine Rose. Die alte Frau schüttelte ein ums andere Mal den Kopf und versuchte zu verstehen, was ihrer eigenen Überzeugung nach nicht zu verstehen war. Zumindest nicht mit den bescheidenen Mitteln des Verstandes. Doch so sehr sie auch mit dem hadern mochte, was ihre Augen tagtäglich sahen, die Wirklichkeit hatte ihre eigene Sprache.
So manches Mal wollte sie die Erde um die Pflanze herum ausgraben, um sich davon zu überzeugen, daß die Rose wirklich aus

dem verkümmerten Stück Holz emporgesprossen war. Aber sie unterließ es, weil sie befürchtete, der Pflanze damit Schaden zufügen zu können.
Die alte Frau liebte Rosen, und überall in ihrem Garten begegnete man ihnen. Mal rankten sie sich mit dunkelroten Blüten über einen schmiedeeisernen Bogen, der den Übergang vom Blumen- zum Gemüsegarten betonte, mal bildeten sie kräftige Einzelstauden oder kleine Gruppen, deren creme- oder rosafarbene Köpfe sich stolz gegen das Dunkelblau des Rittersporns behaupteten.
Es war an einem Tag, gegen Mitte des Sommers. Die alte Frau hatte es sich wieder einmal in ihrem Schaukelstuhl gemütlich gemacht, als sie plötzlich in den Schlaf hinüberglitt. An ihren flackernden Augenlidern konnte man erkennen, daß sie träumte.
Spät in der Nacht wachte sie auf. Eine ungewöhnliche Spannung war in ihr. Ein Wissen um etwas, das sie nicht in Worte fassen konnte. Sie rieb sich schlaftrunken die Lider und schaute sich um. Das Licht des Mondes bemalte mit silbernem Fächer die Ränder der Blätter und Blumen, und die Stille umhüllte den Garten wie ein kostbar gewobenes Fries.
Noch ein wenig benommen stemmte sie sich hoch und ging, einen kleinen Hocker in der Hand, ohne Umschweife zu der Pflanze. So laut und eindringlich wie in diesem Moment hatte sie ihre Stimme noch nie gehört.
Normalerweise lag die alte Frau zu dieser Zeit bereits im Bett, doch heute, das spürte sie, war ein besonderer Tag, eine besondere Nacht, die sie auf keinen Fall versäumen wollte.
Angesichts der Lautstärke, mit der die Stimme ihre Aufmerksamkeit einforderte, wäre das auch kaum möglich gewesen.
Die alte Frau rückte den Hocker zurecht und betrachtete die Rose, deren Blätter sich leicht im Wind wiegten. Und wieder spürte sie nach einer Weile, wie tief in ihrem Innern sich etwas zu regen begann und ein leises Summen wie von selbst ihren Lippen entwich. Sie beugte sich ein wenig vor und hatte den Eindruck, als entstehe durch den Gesang eine Beziehung zwischen

ihr und der Rose. Etwas, das unsichtbar zwischen ihnen beiden hin- und herfloß. Je mehr sie ihr Gesicht der Pflanze näherte, desto deutlicher glaubte sie zu bemerken, daß die Rose bebte. Ja, es war wie ein kaum wahrnehmbares Zittern, ein Schaudern, das von den Stengeln bis in die zarten Blätter hinaufging und in ein geheimnisvolles Leuchten mündete, welches sich wie ein Strahlenkranz um die größte Knospe legte.

Die alte Frau war weit davon entfernt, sich Sorgen zu machen oder den Befürchtungen ihres Verstandes nachzugeben. Sie lebte lange genug, um zu wissen, daß es Dinge gab, die über das normale Verstehen hinausgingen.

Die Minuten zogen langsam, wie schwerelos dahin, wurden zu Stunden, und manchmal wußte die alte Frau nicht mehr zu sagen, ob sie sich noch in der Wirklichkeit des täglichen Lebens befand oder ob sie in einen Traum gesunken war, einen überaus phantastischen Traum. Hin und wieder zogen Gedanken durch ihren Geist, Erinnerungen an die Jahre, die sie allein lebte und in denen sie den Hauptteil ihrer Kraft in den Garten gesteckt hatte.

Und jetzt, war sie sicher, würde etwas geschehen, das ihr all die Jahre der Anstrengungen in einem Augenblick zurückgeben würde, nur wie, darüber war sie immer noch im Unklaren. So wartete sie weiterhin geduldig auf das, was da kommen mochte.

Dann, als die alte Frau die Hoffnung schon aufzugeben begann, geschah es. So unmerklich, daß es ihr zuerst gar nicht auffiel. Die Morgendämmerung brach an, und als die ersten Strahlen der Sonne mit goldenen Fingern über den Rand der Erde glitten, wurde ihre Wahrnehmung emporgehoben, und ihr war, als kehre die Zeit sich um. Als fließe sie nicht mehr aus der Vergangenheit in die Gegenwart, sondern aus einer bereits vollendeten Zukunft in das Hier und Jetzt.

Die alte Frau betrachtete die Rose, und für einen Moment stockten ihr Herz und Atem. Langsam, ganz langsam, öffnete sich die oberste Knospe und bot ihre Schönheit dem Angesicht der Welt dar.

„Die Liebe ist erwacht“, hörte sie wieder die Stimme in ihrem Innern, und ein Schauer lief ihr den Rücken entlang. Sie drehte den Kopf und schaute zum Himmel. Der Mond verblaßte, während gleichzeitig das Licht der Sonne die Schatten der Nacht verdrängte.
„Die Liebe ist erwacht“, wiederholte die alte Frau und blickte wieder zu der Rose. Lächelnd beugte sie sich vor, um an der jetzt weit geöffneten Blüte zu riechen. Sie wollte vorsichtig den dornigen Stengel zwischen Daumen und Zeigefinger nehmen, was jedoch nicht nötig war. Die Rose, so als wisse sie auf eine unerklärliche Weise um die Absicht der alten Frau, neigte sich ihr entgegen. Mit geschlossenen Augen sog sie den berauschenden Duft in sich ein und hatte das beglückende Gefühl, daß er in jede Zelle ihres Körpers eindringe. Ein wunderbarer Friede erfüllte ihr Gemüt, und ein verzaubertes Lächeln legte sich auf ihre Lippen.
Nach einer geraumen Weile, die ihr wie eine Ewigkeit erschien, öffnete sie die Augen und sah sich um. Alles war wie immer. Jeder Baum und jeder Strauch, jede Blume war an ihrem Platz. Und doch war alles anders. Das Leben in ihrem Garten war wie mit silbernen Fäden verwoben. So, als liege ein schimmerndes, glitzerndes Gespinst darüber und hülle ihn ein, wie ein mit Sternen gesprenkelter Baldachin.
Sie erinnerte sich an das tote Stück Holz, das sie gegen alle Vernunft in der Erde vergraben hatte und schmunzelte.
Lausche der Stimme des Herzens, der Stimme in deinem Innern, dachte sie, und alles wird gut. Denn einzig das Herz vermag den wahren Klang des Lebens zu hören.

Martin Bauschke

Der Spruch der Seherin

Farun und Ayfah lebten in einer Oase mitten in der Wüste. Sie hatten eine kleine Töpferei. Alljährlich im Frühling kam eine große Karawane auf dem Weg in die Hauptstadt durch ihr Zeltdorf gezogen. Die zweitägige Rast im Schatten der Palmen war für das ganze Dorf ein Höhepunkt des Jahres. Auch Farun und Ayfah freuten sich immer sehr darauf, denn so mancher Händler kaufte regelmäßig Ware bei ihnen.
Vor allem aber gab es zahllose neue Geschichten zu hören, abends, wenn alle Tee trinkend rund um die Feuer saßen. Begierig lauschten Farun und Ayfah diesen Erzählungen aus dem Munde der Kaufleute. Ganz anders waren sie, als die, die sonst immer in den Zelten erzählt wurden, Geschichten nicht von der Wüste, sondern von fernen Ländern oder vom Sultan in der Hauptstadt. Der neueste Klatsch aus seinem Harem ließ die Dorfbewohner schallend lachen und keiner fragte, ob das alles stimmte, wenn es nur etwas zu lachen gab.
Einmal war mit der Karawane eine berühmte Seherin mitgereist. Die hatte, als sie ein Geschenk in ihrer Töpferwerkstatt kaufen wollte, mit ihnen zu schwatzen begonnen, wie das Menschen in der Wüste stundenlang tun können. Ayfah und Farun erzählten der Seherin von dem Kummer, der insgeheim in ihren Herzen fraß. Seit Jahren schon sehnten sie sich vergeblich danach, Kinder zu haben.
Die Seherin nahm ihre rauhen Töpferhände und betrachtete einige Zeit die Linien. Dann sprach sie: „Suchet die Schicksalsbrücke hoch droben in den Bergen. Wenn ihr sie überschritten habt, gelangt ihr an das Meer, an dem eure Kinder spielen werden."
Seit diesen Worten der Seherin waren Farun und Ayfah zwischen Hoffnung und Zweifel hin- und hergerissen. Nichts taten sie lieber, als vom Meer zu träumen und Geschichten darüber zu hören. Wenn in den folgenden Jahren die Karawane Rast in ihrem Dorf machte, fragten sie die Kaufleute aus, ob sie fremde Länder bereist hätten und übers Meer gefahren wären. Von Jahr zu Jahr wurden sie begieriger, Neues vom Meer zu hören. Sie meinten,

das Meer habe Neuigkeiten zu bieten wie die Wüste, ein Dorf oder die ferne Hauptstadt.
Im Grunde ihres Herzens jedoch waren sie sich nicht sicher, ob sie den Worten der Seherin glauben konnten. Lange wagten sie nicht, ihr bescheidenes, aber gesichertes Leben in der Wüste aufzugeben. Doch mit den Jahren wuchs eine Unruhe in ihnen, die sie nachts nicht mehr schlafen ließ. Ihre Herzen riefen nach Aufbruch, und doch fiel es ihnen schwer, die heimatlichen Zelte abzubrechen, den Stamm und die verwandten Familien zu verlassen. Kinder hatten sie noch immer keine bekommen, und so wurde das Meer ihre einzige und letzte Hoffnung.
Endlich verkauften sie ihre Töpferwerkstatt, ihr Zelt und was sie sonst besaßen. Mit dem Allernötigsten versehen und dem Geld, das sie nun hatten, machten sie sich auf die Reise. Sie schlossen sich der großen Karawane an, um sicher durch die Wüste bis an den Rand des Gebirges zu gelangen.
Unterwegs lernten sie einen Flötenspieler kennen, der die Aufmerksamkeit der Reisenden auf sich zog. Er blies auf seinem Instrument so schön, daß die Händler, Kaufleute und Soldaten ringsherum an den abendlichen Feuern gerne das Geschichtenerzählen unterbrachen und seinem Flötenspiel lauschten.
Die Flötentöne unter dem Glanz der Sterne zogen auch Farun und Ayfah in ihren Bann. Mit geschlossenen Augen lauschten sie und träumten dabei vom Meer, das sie nie gesehen hatten. Es waren langsame und leise Melodien, die mitten in die Seele drangen. Heitere, tänzerische Lieder waren darunter mit der Macht, alle Hoffnungslosigkeit zu vertreiben. Weisen waren es, wie sie die beiden Töpfer nie zuvor gehört hatten, Weisen, die ihnen die Gewißheit gaben, von guten Geistern geleitet zu sein.
Farun und Ayfah freundeten sich mit dem Flötenspieler an. Manchmal baten sie ihn, für sie ganz alleine zu spielen, weil sie dann schöner vom Meer träumen könnten. Der Flötenspieler lächelte bei dieser Vorstellung und tat ihnen den Gefallen.
Als er einmal sein Spiel beendet hatte, sagte Farun zu ihm: „Du

bist ein Meisterflöter! Wo hast du das Spielen gelernt?"
„Bei meiner Flöte", antwortete dieser.
Farun blickte ihn verdutzt an.
„Ja, die Flöte war meine Lehrmeisterin", versicherte der Flötenspieler. „Sie lädt mich ein, auf ihr zu spielen. Wenn ich hineinblase, weiß ich nicht, was ich im nächsten Augenblick spielen werde. Dafür sorgt meine Flöte. Ich leihe ihr meinen Atem und sie gibt mir dafür immer neue Melodien und Lieder ein, die ich sogleich ausprobiere."
„Das ist ja eine richtige Wunderflöte", staunte Ayfah.
„Wo kann man denn eine solche Flöte kaufen?" wollte Farun wissen.
„Ich habe sie nicht gekauft, ich habe sie von einem Händler bekommen. Diese Flöte kann man nicht besitzen wie ein Zelt oder ein Kamel. Sie verschenkt sich selbst, an wen sie will. Es klingt merkwürdig, aber so ist es. Sobald die Flöte nach einem neuen Spieler sucht, vermag der, der sie gerade trägt, keinen einzigen Ton mehr auf ihr zu spielen, so sehr er es auch versuchen mag. Dann ist es Zeit, die Flöte an einen neuen Träger weiterzugeben."
„Träger?" kam es wie ein Echo aus Ayfahs und Faruns Mund.
„Weil man die Flöte immer an dieser Lederschnur hier um den Hals tragen soll", erwiderte der Flötenspieler.
Im Laufe der Reise durch die Wüste stellte sich heraus, daß auch der Flötenspieler ins Gebirge reisen wollte. Dort war er zuhause. So beschlossen sie, gemeinsam weiterzuziehen. Wenige Tagesreisen entfernt von der Hauptstadt, am Rande der Wüste angekommen, trennte sich die kleine Gruppe von der Karawane und wanderte alleine weiter, auf die Berge zu.
Unterwegs fragte der Flötenspieler die beiden Töpfer: „Was wollt ihr Wüstenfüchse eigentlich in den Bergen? Habt ihr Verwandte dort?"
Ayfah und Farun wechselten Blicke miteinander. Nach einigem Zögern sprach Farun: „Wir haben es noch nicht gewagt, dir da-

von zu erzählen. Sage uns zuerst, kennst du eine Brücke, die Schicksalsbrücke heißt?"
Der Flötenspieler riß die Augen auf. „Natürlich kenne ich diese Brücke! Wollt ihr etwa dort hin?"
„Was weißt du über sie? Kannst du uns sagen wo sie hinführt?"
„Langsam, langsam", wehrte der Flötenspieler ab. „Erst beantwortet ihr mir meine Frage. Warum interessiert ihr euch so sehr für diese Brücke?"
„Weil wir zu ihr müssen", sagte Ayfah. „Die Schicksalsbrücke ist das erste Ziel unserer Wanderschaft. Wir müssen sie überschreiten."
„Überschreiten?" rief der Flötenspieler und blieb stehen. Fassungslos starrte er seine neuen Freunde an. „Wißt ihr denn nicht, daß das unmöglich ist? Diese Brücke ist keine Brücke wie jede andere. Man kann sie nicht überqueren."
Ayfah und Farun machten lange Gesichter.
„Aber warum nicht? Führt sie nicht irgendwo hin?"
„Das schon. Man sagt, auf der anderen Seite sei ein riesiger Garten, schöner als jede Oase. Aber er ist unerreichbar. Denn die Brücke bricht ab, mitten über dem Abgrund. Sie verengt sich, je weiter man auf ihr schreitet, bis sie so schmal wird wie ein Haar und so scharf wie ein Dolch. Die Schicksalsbrücke ist gar keine richtige Brücke. Sie hört einfach auf, sie endet im Nichts, mitten über dem Abgrund!"
Farun und Ayfah trauten ihren Ohren nicht. Wie sollten sie je ans Meer gelangen, wenn es wirklich stimmte, was ihr Freund sagte?
„Warum wollt ihr überhaupt über die Brücke?", fragte der Flötenspieler sie noch einmal.
Da erzählten sie ihm von ihrer unerfüllten Sehnsucht, und was die Seherin ihnen vor vielen Jahren gesagt hatte. Der Flötenspieler schwieg.
„Nur um Kinder zu kriegen, würde ich mein Leben nicht aufs Spiel setzen", flüsterte er dann und sah die beiden an. Tränen

standen in seinen Augen. „Ich hatte einen Zwillingsbruder, der es auch versucht hat. Ich sah ihn nie wieder. Glaubt mir, diese Brücke trägt ihren Namen nicht umsonst."
Farun und Ayfah sahen sich betroffen an. „Bist du ganz sicher, daß es noch nie jemand geschafft hat, auf die andere Seite dieser Brücke zu kommen?" wagte Farun zu fragen.
Der Flötenspieler zuckte mit den Schultern. „Ich kenne keinen, der das je geschafft hätte. Dafür umso mehr, die früher oder später umgekehrt sind. Darum rate ich euch, wenn euch das Leben lieb ist, so setzt euren Fuß niemals auf diese Brücke."
Lange waren die drei miteinander gereist. Vor ihren Augen erhob sich bereits die riesige Silhouette der Berge mit ihren schneebedeckten Gipfeln.
Sichtbarer Ärger, mit Trauer durchmischt, hatte den Flötenspieler befallen. Seine Flöte war verstummt. Er konnte ihr beim besten Willen keinen einzigen Ton mehr entlocken. Ungespielt hing sie ihm um den Hals, und alle wußten, was das zu bedeuten hatte. Farun und Ayfah ließen ihren Freund in Ruhe. Sie hatten genug mit ihren eigenen Zweifeln und Befürchtungen zu tun.
Eines Morgens war der Platz auf der anderen Seite des Lagerfeuers leer. Erschrocken sprangen Farun und Ayfah auf. Sie riefen nach dem Flötenspieler, sie begannen, nach ihm zu suchen, doch ihr Gefährte war spurlos verschwunden. Erst am Abend fand Farun in seinem Bündel die Flöte.
Er rief Ayfah herbei: „Sieh her, was ich gefunden habe!" Er hielt das bewunderte Instrument in Händen. „Meinst du, er hat sie mir geschenkt?"
Ayfah nickte. „Ich glaube, die Flöte hat dich erwählt. Du bist ihr neuer Träger. Probiere es aus!"
Farun hatte noch nie in seinem Leben eine Flöte in Händen gehalten. Er empfand nicht nur Bewunderung, sondern auch Furcht vor ihr. Auf keinen Fall wollte er sich anmaßen, unberechtigt auf ihr zu spielen. Er mußte erst Gewißheit haben, daß er ihr neuer Träger sei.

Wortlos verstaute Farun die Flöte wieder in seinem Bündel. Ayfah verstand sein Zögern nicht und schalt ihren Mann insgeheim einen Feigling.
Zwei Tage warteten sie auf den Flötenspieler. Vergeblich. So brachen sie auf und kamen immer tiefer in die Berge hinein. Wenn sie auf abgelegenen Höfen oder in den kleinen Ortschaften nach dem Weg zur Schicksalsbrücke fragten, riefen sie bei den Leuten ungläubiges Staunen, ja Entsetzen hervor. Man riet ihnen dringend umzukehren, doch die Hoffnung trieb sie weiter voran.
Tagelang wagte Farun es nicht, die Flöte auch nur wieder in die Hand zu nehmen. Er hatte noch immer Zweifel, ob die Flöte wirklich ihn auserwählt habe. Vielleicht war er nur ihr Bote und hatte den Auftrag, sie einem anderen zu überbringen. Ayfah verlor kein Wort mehr über die Flöte, aber in ihrem Herzen dachte sie oft an sie. Schmerzlich vermißte sie ihre Töne, ihre Lieder, die ihr Mut zum Träumen machten.
Eines Nachts erhob sie sich. Sie hatte gewartet, bis Farun fest eingeschlafen war. Sie holte die Flöte aus seinem Bündel und entfernte sich ein wenig vom Lager. Vorsichtig blies sie in die Flöte. Sie brachte keinen Ton heraus.
Da ging ein Rascheln durchs Gras und im nächsten Moment schrie Ayfah auf. Farun fuhr hoch, und schon stand er neben ihr.
„Hilf mir! Irgendetwas hat mich gebissen, eine Schlange wahrscheinlich“, stöhnte Ayfah.
Farun trug seine Frau ans Feuer zurück und saugte das Gift aus der Wunde. Der Schmerz kroch Ayfah das Bein hinauf. Binnen weniger Minuten schien sich ihr ganzer Körper in eine glühende Kohle verwandelt zu haben. Dann schwanden ihr die Sinne.
Farun brach sofort das Nachtlager ab, löschte das Feuer und packte sein Bündel. Da entdeckte er, daß die Flöte fehlte. Er erschrak, doch besann er sich nicht lange und ging dorthin, wo Ayfah gebissen worden war. Nach einer Weile fand er die Flöte im Gras. Er hob sie auf und verstaute sie wieder in seinem Bündel. Dann trug er sie, so schnell er konnte, in das nächste Dorf.

Farun zählte die Tage und Nächte nicht, die er am Lager seiner Frau ausharrte. Aus den vielen Decken, in die man sie gehüllt hatte, sah nur ihr abwechselnd totenbleiches und rotfieberndes Gesicht hervor. Die Augen hatte sie seit jener Nacht nicht mehr geöffnet. Oft hatte Farun sich über Ayfah geneigt und ihr Gesicht liebkost. Mit einem Tuch kühlte er ihre Stirn. Er hatte es sich angewöhnt, mit ihr zu reden, aus dem unbestimmten Gefühl heraus, daß sie ihn irgendwie hören müsse:
„Ayfah, ich bin es, Farun! Träume vom Meer und werde wieder gesund!“
Farun fühlte sich hilflos. Er war zum Umfallen erschöpft. Er wußte nicht, was er noch für seine Frau tun konnte. Irgendwann fiel ihm die Flöte ein. Er hatte sie vollkommen vergessen gehabt. Er holte sie aus seinem Bündel hervor und nahm sie zum erstenmal bewußt in die Hand. Zärtlich strich er mit seinen Fingern an ihr entlang, als ob er sie erst liebkosen müßte, bevor er es wagen dürfte, auf ihr zu spielen. Am unteren Ende entdeckte er einen winzig kleinen Schriftzug:

Nichts ist möglich,
solang du bangst.
Alles ist möglich
jenseits der Angst.

Mehrmals las Farun die zwölf Worte. War es das, was die Flöte bewirken konnte? Denen, die ihre Töne hörten, Mut zu machen und die Geister der Angst zu vertreiben? Durfte er, konnte er wirklich auf ihr spielen?
Noch ganz in seine Gedanken versunken, erklangen die ersten Flötentöne. Ohne daß er sich dessen bewußt war, hatte Farun die Flöte an seine Lippen gesetzt und zu spielen begonnen. Er wußte nicht, wie ihm geschah. Er schenkte ihr seinen Atem, und sie machte für ihn Töne daraus. Sie antwortete seinem Atem mit einer Melodie, die er nie zuvor gehört hatte. Dem Töpfer liefen vor Glück die Tränen über die Wangen. Er war todmüde, und

doch konnte er jetzt nicht aufhören zu spielen. Sein Atem kam unmittelbar aus dem Herzen. Seine Liebe zu Ayfah hüllte ihn ganz ein. Und die Flöte spielte Lieder der Hoffnung. Die Melodien malten die Bilder ihrer gemeinsamen Träume: Hand in Hand die Schicksalsbrücke zu überqueren und schließlich das Meer zu finden.
Den ganzen Tag und die Nacht hindurch spielte Farun für Ayfah. Er spielte um ihr Leben. Endlich, am folgenden Morgen, beim Aufgang der Sonne, öffnete Ayfah ihre Augen.

*

Schon von weitem konnten Farun und Ayfah den hohen, gewölbten Bogen der Schicksalsbrücke erkennen, ähnlich einem Regenbogen, der sich über den Abgrund spannte. Unwirtlich war das Gebirge in dieser Region geworden. Nur vereinzelt wuchsen noch ein paar besonders widerstandsfähige Bäume und Sträucher. Alles sonst war Fels und Stein. Hier oben lebte keine Menschenseele. Es war noch früh am Morgen, als sie schließlich bei der Brücke ankamen. Eine vollkommene, fast unheimliche Stille umgab sie.
Farun und Ayfah wagten die ersten Schritte auf der Schicksalsbrücke. In schwereloser Eleganz und ohne jedes Geländer stieg sie vor ihren Augen in die Höhe. Sie war nicht besonders steil und hier, am Anfang, breit genug für mehrere Menschen. Sie sah ganz und gar nicht unüberquerbar aus. Nebel, der aus der Schlucht aufstieg, machte es den beiden unmöglich, die andere Seite, zu der die Brücke hinüberführte, zu erkennen. Farun wagte einen Blick hinab in den Abgrund, aber auch in dieser Richtung verschleierten Nebelschwaden den Augen das Ziel. Dort unten soll ein Fluß sein, den man den Fluß des Vergessens nennt. Wer in seine Wasser fällt, hatten die Gebirgsbewohner erzählt, habe im selben Augenblick nicht nur sein Gedächtnis verloren, sondern war auch aus der Erinnerung der Menschen

gestrichen, so, als ob er nie gelebt hätte. Ein mehrfacher Tod der jedem drohte, der von der Brücke hinabstürzte. Was denjenigen, der glücklich hinübergelangte, auf der anderen Seite erwartete, wußte niemand. Keiner, der es geschafft haben mochte, war je zurückgekehrt, um davon zu erzählen.
Solange die Brücke breit und bequem zu begehen war, schritten Ayfah und Farun beherzt aus. Sacht stieg sie empor und kaum merklich nur verengte sie sich. Hin und wieder wagten sie einen vorsichtigen Blick über den Rand in den Abgrund hinab. Doch die Schlucht war so von Nebelschwaden eingehüllt, daß von dem Fluß weder etwas zu sehen noch sein Rauschen zu hören war.
Um die Mittagszeit hatten sie die höchste Stelle des Brückenbogens erreicht. Die Nebel hatten sich gelichtet und sie konnten ringsum die Berge sehen. Etwa ein Meter noch war die Brücke breit. Die Sonne über ihnen schien angenehm warm und ließ die Brücke in allen Farben des Regenbogens leuchten, als wäre sie selbst ganz aus Licht. Die andere Seite, zu der sie hinüberführte sah von hier aus ganz grün aus. „Als ob dort ein Gebirgsgarten auf uns wartet“, dachte Ayfah, „voller Wiesen, Blumen und Bäume. Schön muß es sein, dort anzukommen.“
Farun und Ayfah genossen den weiten Rundblick, der sich ihnen darbot. Es schien ihnen, als wären sie auf dem Dach der Welt.
Hand in Hand setzten sie ihren Weg fort. Der Brückenbogen fiel nun sanft ab und wurde zusehends schmaler. Bald waren sie gezwungen, hintereinander zu gehen.
Nach einiger Zeit kam es ihnen so vor, als ob die Brücke ein wenig zu schwanken begonnen hätte. Oder waren es ihre Knie die zu zittern anfingen? Je weiter sie vorankamen, desto kantige wurde die Oberfläche. Bald wurde sie so scharf, daß sie ihnen in die Sandalen schnitt. Immer mehr hatten beide das Gefühl, zu schwer für die Brücke zu werden. Als ob sie beim nächsten ode übernächsten Schritt unter ihnen zerreißen wollte.
Farun, der vorausging, blieb stehen und flüsterte: „Ayfah, ich kann nicht weiter!“ Der Schweiß rann ihm am Körper hinab. E

blickte sich nach seiner Frau um. Ihre Augen sahen ihn ruhig und gelassen an. Beide verspürten das unwiderstehliche Bedürfnis, alles nur Mögliche von sich zu werfen, das sie bei sich hatten. Sie warfen ihre Reisebündel, dann ihre Mäntel und schließlich sogar den Wasserschlauch in die Tiefe. Später entledigten sie sich mit größter Vorsicht sogar ihrer Sandalen, die der Abgrund ebenfalls verschluckte.

Wann immer sie etwas abgeworfen hatten, überkam sie ein Gefühl der Erleichterung. Die Brücke hatte aufgehört zu schwanken und schien ihnen wieder Halt zu geben. Auch alle Schärfe hatte sie verloren. Wie Seiltänzer balancierten Ayfah und Farun über den Abgrund hinweg.

Da begann die Brücke erneut unter Farun zu schwanken.

„Ich kann unmöglich weitergehen“, rief er aus, ohne es zu wagen, sich nach Ayfah umzudrehen. Er hatte große Mühe, das Gleichgewicht zu halten.

Da spürte er die Hand Ayfahs auf seiner Schulter. „Hab' keine Angst, Farun! Ich weiß, daß wir es schaffen!“ sprach sie. „Ich habe alles abgeworfen, was ich habe. Ich fühle mich leicht genug um weiterzugehen. Und du?“

Farun blieb nur noch die Flöte, die ihm um den Hals hing, und der kleine Beutel mit den Geldstücken. Er wußte genau, daß sein Herz mehr als alles andere an der Flöte hing. Von ihr, die seiner Frau das Leben gerettet hatte, wollte er sich niemals trennen, selbst wenn er ihretwegen umkehren müßte, weil sie ihn zu schwer für die Brücke machte. Ohne lange zu zögern, riß er den Beutel vom Gürtel und warf ihn hinab. Sogleich kam es ihm vor, als wäre die Schärfe unter seinen Fußsohlen weich und rund geworden. Nachdem er sich entschieden hatte, schien auch die Brücke nicht länger zu schwanken. Sie war wieder fest und straff unter ihm gespannt. Vorsichtig gingen sie weiter.

Immer steiler führte die Brücke abwärts. Sie wurde nun so fein wie ein goldenes Haar, das in der Nachmittagssonne leuchtete. Farun konnte die andere Seite des Abgrunds jetzt deutlich erken-

nen, so nahe waren sie ihr bereits gekommen. Welch' ein bezaubernder Garten war das, auf den sie zuschritten. Plötzlich brach die schmale Goldspur vor ihm ab. Die Schicksalsbrücke endete in gähnender Leere, mitten zwischen Himmel und Erde. Entsetzt schrie Farun auf:
„Ayfah, das Ende der Brücke ist da! Sie bricht tatsächlich ab. Wie kann ich weitergehen? Jeder weitere Schritt stürzt uns in den Abgrund. So nah sind wir dem Ziel und sollen es nicht erreichen? Fliegen müßte man jetzt können."
„Geh weiter", sprach Ayfah hinter ihm. „Geh weiter, Farun, und spiel' deine Flöte! Vielleicht vermag sie unsere Angst zu vertreiben." Auch ihr zitterten die Knie.
Farun griff nach der Flöte wie ein Verdurstender nach dem Wasserschlauch. Er blies seine ganze Todesangst in die Flöte hinein. Die Flöte antwortete ihm mit einer Melodie voller Leichtigkeit und Gelassenheit. Farun fand den Mut, seinen Fuß in die Leere, die sich vor ihm auftat, zu setzen. Er ging über das Nichts, und Ayfah folgte ihm. Mit jedem Schritt schien die Brücke unsichtbar unter ihren bloßen Füßen weiterzuwachsen: fein wie ein Haar, scharf wie ein Dolch, aber tragfähig und ohne sie zu verletzen. Nur wenige Schritte trennte sie noch von der anderen Seite. Deutlich hörte Ayfah das Singen von Vögeln. Sie ging mit geschlossenen Augen, um sich gegen ihre eigene Angst zu schützen. Plötzlich brach das Spiel der Flöte ab. Ayfah blickte auf. Da sah sie Farun schwanken. Sie griff nach ihm, aber sie griff ins Leere. Und schon hatte der Nebel tief unter ihr den Geliebten verschluckt.
Ohne nachzudenken, ohne etwas zu fühlen, ging Ayfah weiter. Schlafwandlerisch schritt sie über den Abgrund hin. Sie konzentrierte sich auf das Singen der nahen Vögel in den Bäumen. Nichts durfte sie jetzt aus der Fassung, aus dem Gleichgewicht bringen. Nichts durfte sie belasten und beschweren - es galt in diesen Augenblicken, einzig an sich selbst zu denken und ans Ziel zu kommen.

Die Sonne war bereits hinter den Gipfeln verschwunden, als sie die andere Seite der Schlucht erreichte. Kaum berührten ihre Füße wieder festen Grund, brach sie zusammen.
Als Ayfah zu sich kam, stand die Sonne hoch über ihr. Staunend blickte sie um sich. Sie befand sich in einem Garten. Bäume und Blumen, die sie nie zuvor gesehen hatte, umgaben sie. Fröhlich zwitscherten bunte Vögel und flogen Kapriolen in der Luft.
„Wie schön! Eine Oase mitten in den Bergen!" dachte Ayfah laut. Sie erhob sich und drehte sich um. Entsetzt sprang sie zurück. Sie hatte dicht am Abgrund gelegen. Vor ihr erhob sich die Schicksalsbrücke. Ein majestätischer Bogen, der aus lauter Licht zu bestehen schien, wölbte sich über die nebelverhangene Schlucht. Von hier aus gesehen führte der Brückenbogen bis an den Rand des Abgrunds, wo Ayfah stand.
„Bin ich wirklich über diese Brücke gekommen?" Ayfah konnte sich kaum erinnern. Ein Schleier des Vergessens lag über ihren Gedanken. Sie wandte sich ab und spazierte durch den Garten. Sie aß von den Früchten der Bäume und trank aus einer Quelle.
Lange war Ayfah durch den Gebirgsgarten gewandert, ziellos und selbstvergessen. Er war größer als jede Oase der Wüste, die sie kannte.
Da bemerkte sie eine Gestalt, die nicht weit von ihr unter den Bäumen und Büschen dahinging. Sie trug einen weiten Mantel mit schwarzen und weißen Streifen. Die Gestalt sammelte Kräuter, Blätter und Früchte aller Art in verschiedene Beutel, die sie bei sich trug.
Ayfah ging auf die Gestalt zu. „Könnt Ihr mir sagen, wo ich hier bin, und wem dieser Garten gehört?"
Die Gestalt richtete sich auf. Sie war weder Mann noch Frau, weder alt noch jung, weder schön noch häßlich. Vielmehr schien die Gestalt alles zugleich zu sein.
Auch ihre Stimme, die Ayfah jetzt vernahm, klang weder tief noch hoch. Aber sie war freundlich und erweckte Vertrauen in ihr: „Ja, das kann ich dir sagen. Der Garten gehört mir. Und er

ist weder im Himmel noch auf Erden. Er ist zwischen den Welten."
Ayfah runzelte die Stirn. „Wohnt Ihr hier?" wagte sie weiter zu fragen, obwohl sie nicht viel verstanden hatte.
Die Gestalt hatte sich wieder niedergebeugt und noch einige Kräuter gesammelt, bis der Beutel voll war. Dann richtete sie sich auf und ging auf einen riesigen Baum zu.
„Dort bin ich zuhause", sprach die Gestalt und wandte sich zu Ayfah um, mit der Hand nach oben weisend. Ayfah sah in die Höhe, aber die Krone des Baumes vermochte sie nicht zu erkennen. „Möchtest du mich begleiten? Ich lade dich ein, mein Gast zu sein. Es ist allerdings ein weiter Weg bis zu meinem Haus."
Ayfah zögerte. Wieder hatte sie kaum verstanden, was die Gestalt mit ihren Worten meinte. Sie gab sich einen Ruck. „Ich komme mit. Danke!"
Es war nicht allzu schwierig, den Baum hinaufzuklettern. Ohne Angst folgte Ayfah der seltsamen Gestalt in die Höhe. Willig schienen sich die vielen starken Äste ihren Händen und Füßen darzubieten. Ayfah fielen die Blätter auf - sie waren beinahe so groß und rund wie die Töpferscheibe, an der sie viele Jahre in der Wüste gesessen hatte. Manchmal, wenn sie ein Blatt ganz aus der Nähe betrachtete, kam es ihr vor, als sähe sie ein Gesicht darin.
Ayfah wußte nicht, wie lange sie geklettert waren, als sie eine kleine Holzplattform erreichten, die zwischen einigen sehr dicken Ästen errichtet worden war.
„Ruhen wir uns ein wenig aus! Die Hälfte des Weges haben wir geschafft", sprach die Gestalt mit dem gestreiften Mantel. Ayfah war nicht ermüdet, wie sie überrascht feststellte. Dennoch ließ sie sich dankbar nieder und lehnte ihren Rücken gegen den breiten Stamm. Die Blätter waren so groß und zahlreich, daß Ayfah nicht das Geringste von ihrer Umgebung sehen konnte. Sie hatte das Gefühl, unter einem grünen Zeltdach zu sitzen.
„Wer seid Ihr eigentlich?"

„Ich heiße Ichbin. Und wer bist du?“
„Ayfah heiße ich. Ich bin Töpferin in einem Dorf mitten in der Wüste - nein, ich war es. Ich kann mich nicht genau erinnern.“ Nach einer Pause fragte sie: „Wohnt Ihr ganz allein in diesem Garten? Seitdem ich hier bin, habe ich noch niemand außer Euch gesehen.“
„Du hast recht“, antwortete die Gestalt, die sich Ichbin nannte. „Meistens bin ich allein. Es sind nur wenige, die es wagen wie du, über die Brücke zu gehen. Dieser Garten ist kein Garten zum Verweilen, sondern einer, um sich zu erholen und Kräfte zu sammeln, um den Weg fortsetzen zu können. Du kamst doch sicherlich nicht des Gartens wegen hierher.“
Ayfah schüttelte den Kopf. „Ich weiß nicht mehr, weshalb ich hierher kam. Wißt Ihr es?“
„Du möchtest das Meer finden.“
„Wie konnte ich es nur vergessen“, rief Ayfah aus. „Könnt Ihr mir vielleicht den Weg dorthin zeigen?“
Ayfah erhob sich und trat vor das Wesen, das Mann und Frau zugleich war.
„Der Weg zum Meer ist leicht oder schwer, wie du es willst. Denn es führen zwei Wege ans Ziel. Ich zeige sie dir, wenn wir oben sind. Warum suchst du denn das Meer?“
Wieder dachte Ayfah angestrengt nach, aber sie konnte sich nicht daran erinnern. „Ich habe es vergessen.“
„Du wirst es bald wieder wissen. Laß uns weitergehen!“
Sie kletterten den riesigen Baum höher und höher hinauf. Aufmerksam sah Ayfah die Blätter an. Immer neue Gesichter erkannte sie, wenn sie die Blätter länger betrachtete. Plötzlich stutzte sie. Gerade vor ihr hing ein Blatt, auf dem ein Gesicht sichtbar wurde, das sie zu kennen glaubte.
„Wer ist das nur?“ fragte sie laut.
Die Gestalt blickte zu Ayfah herab. „Du kennst ihn nicht mehr. Aber du wirst ihn wiedererkennen. Hab' noch ein wenig Geduld!“

Ayfah wurde aus den Worten dieses Menschen, wenn er denn einer war, nicht klug. Sie kletterten weiter hinauf. Noch öfters hatte Ayfah bei diesem und jenem Blattgesicht das Gefühl, als kenne sie es. Einmal war sie sich fast sicher, ihren Freund, den Flötenspieler, erkannt zu haben. Oder war es sein Zwillingsbruder gewesen? Sie nahm sich vor, später nach den Blattgesichtern zu fragen. Endlich kam das Blau des Himmels über ihnen in Sicht. Die Krone des Baumes war ausladend breit. Hier oben war der Blick rundherum frei. Ayfah blieb vor Staunen der Mund offen stehen. Sie war den Wolken näher als der Erde. Tief unter sich sah sie das Gebirge, das aus der Höhe wie ein kleiner, gezackter Steinhaufen mit weiß glänzenden Hütchen aussah. Die Schicksalsbrücke glich einem nach unten gebogenen Grashalm. „Schön ist es hier!“ rief sie entzückt aus.
„Dort, ganz in der Ferne, siehst du das Blau, dunkler als der Himmel.“ Die Gestalt wies Richtung Sonnenaufgang. „Das ist das Meer.“
„Das Meer?“ Ayfah strengte ihre Augen an, um noch deutlicher zu sehen. „Es sieht aus wie ein großes blaues Tuch, das jemand auf der Erde ausgebreitet hat.“
„Ja, das ist das Meer. Morgen wirst du dich auf den Weg dorthin machen.“
Sie kletterten über die zahlreichen Stämme und Äste hinweg zur Mitte der Krone. Dort, rund um den breiten Stamm des Baumes, war eine zweite, größere Plattform erbaut, auf der eine Holzhütte stand. Ihr Inneres bestand aus einem einzigen großen Raum, der nach allen Seiten hin Fenster besaß. Die Gestalt, immer noch in ihren gestreiften Mantel gehüllt, lud Ayfah ein, auf dem Moosboden Platz zu nehmen. Über dem Feuer kochte ihr Gastgeber Tee und warf einige Blätter und Kräuter in den Wasserkessel. Er buk mehrere Fladen Brot. Schweigend saßen sie, aßen und tranken, bis sie sich gesättigt hatten. Ayfah dachte an das große blaue Tuch in der Ferne, welches das Meer sein sollte, und an die Blattgesichter, die sie gesehen hatte.

Bei einer weiteren Schale Tee konnte Ayfah nicht länger an sich halten: „Bitte, sagt mir, wenn Ihr es wißt! Ich sah doch ein Gesicht vorhin. Wer war das?“
Ihr Gegenüber setzte die Teeschale ab und sprach: „Es ist das Gesicht deines Mannes gewesen.“
„Meines Mannes?“ Ayfah machte große Augen.
„Es war das Gesicht des Töpfers Farun.“
„Farun!“ schrie es aus Ayfahs Herzen. Erst jetzt, da sie seinen Namen hörte, erinnerte sie sich wieder an ihn. Sogleich stand alles, was sie unterwegs und zuletzt auf der Brücke erlebt hatten, lebendig vor ihr.
„Fürchte nicht um ihn“, hörte sie die Gestalt sprechen. „Farun ist nicht tot. Das hier ist der Baum des Lebens. Alle lebenden Menschen haben ihr Blatt an diesem Baum. Und wer die Blätter aufmerksam betrachtet, kann ihre Gesichter darin erkennen. Wenn die Menschen alt werden und sterben, werden auch die Blätter welk und fallen ab. Jeden Tag steige ich hinab und sammle die am Boden liegenden Blätter ein und verwahre sie in meinem Beutel.“
„Was geschieht mit ihnen?“ wollte Ayfah wissen und wischte sich die Tränen ab.
„Das ist ein Geheimnis. Doch wisse, daß die Toten nicht vergessen sind und nicht tot bleiben. Ihre Seelen treiben neue Blätter an anderen Bäumen und ...“ Der fremde und doch auch vertraute Mensch ihr gegenüber unterbrach sich und blickte zu Boden, als ob er tief in Gedanken versunken wäre.
„Und?“ wiederholte Ayfah erwartungsvoll.
Ihr Gegenüber schüttelte schweigend den Kopf. Ayfah verstand. Nach einiger Zeit wagte sie, eine neue Frage zu stellen: „Kennt Ihr vielleicht auch das Geheimnis der Schicksalsbrücke? Weshalb ist Farun abgestürzt und ich nicht?“
Ichbin nahm einen Schluck aus der Schale und sah Ayfah an. „Wenn dein Herz schwankend wird, schwankt auch die Brücke. Ist dein Herz aber fest, trägt sie dich hinüber, ganz gleich, wie

schmal und scharf sie geworden ist. Selbst wenn du nur noch Leere vor dir siehst, wird sie dich tragen. Das ist das Geheimnis der Brücke."

„Aber Ihr habt gesagt", erwiderte Ayfah besorgt, „daß Farun nicht verloren sei!"

„Ja, sein Blatt ist, wie du selbst gesehen hast, noch immer kräftig und grün."

„Wie kann ich ihn wiederfinden?"

„Das hängt von deinem Mut und deiner Liebe ab."

Ehe Ayfah fragen konnte, was damit gemeint sei, fuhr die Gestalt fort: „Du hast mich nach dem Weg zum Meer gefragt. Mir stehen alle Vögel des Himmels zu Gebote. Wenn du es willst, wird dich mein Adler schon morgen bis ans Ufer des Meeres tragen und dich dort absetzen. Aber es gibt noch einen zweiten Weg. Er beginnt an der Schicksalsbrücke. Ein Pfad führt in die Tiefe der Schlucht hinab. Dort mußt du nach Farun suchen. Wenn du ihn gefunden hast, folge dem Lauf des Flusses. Er führt euch zum Meer."

Ayfah fiel die Seherin ein und erinnerte sich ihrer Worte. Sie erzählte Ichbin davon. „Stimmt das, was jene Frau zu uns gesagt hat? Ist das Meer tatsächlich unser Ziel, an dem sich unser tiefster Wunsch erfüllt?"

Zum erstenmal sah Ayfah Ichbin lächeln. „Das müßt ihr schon selbst herausfinden. Du hast dich also schon entschieden?"

Ayfah nickte. Im nächsten Augenblick fielen ihr die Augen zu.

Als sie wieder erwachte, war ihr, als hätte sie lange geschlafen. Im Schein der Morgensonne erkannte sie den Garten wieder. Sie wandte sich um. Vor ihren Augen erhob sich der majestätische Bogen der Schicksalsbrücke. Wie ein gekrümmter, schmaler Finger, der auf sie zeigte und irgendwo über dem Abgrund abgeschnitten war. Ayfah lag am Rande der Schlucht, als ob sie eben über die Brücke gekommen wäre.

Sie erhob sich. Bald hatte sie den Pfad gefunden, der in die Schlucht hinabführte. Gefährlich steil war der Pfad. Zu ihrer

Rechten stand der fast senkrechte Fels, und zur Linken fiel das Felsgestein nicht minder steil in die Tiefe. Je weiter Ayfah in die Schlucht hinabstieg, desto dichter umhüllte sie der Nebel. Allmählich drang ein Geräusch an ihre Ohren, das sie sich zunächst nicht erklären konnte, bis sie darauf kam, daß es das Rauschen des Flusses sein müsse.

Endlich erreichte Ayfah die Talsohle. Sie war so von Nebel eingehüllt, daß sie nur einige Schritte weit sehen konnte. Sie rief nach Farun. Aber der Nebel verschluckte, und der Fluß übertönte jeden Ruf.

Ayfah wandte sich flußabwärts. Der Weg war mit Stein und Geröll übersät, stellenweise auch von Gestrüpp überwuchert. Nach einiger Zeit stießen ihre Füße an einen Gegenstand. Es war Faruns Flöte! Ihr Herz jubelte. „Farun, wo bist du?", rief sie immer wieder. „Ich bins, Ayfah!" Sie lauschte in den Nebel hinein, doch außer dem Rauschen des Flusses hörte sie nichts. Ayfah betrachtete die Flöte. Das Lederband, das an der Flöte hing, war zerrissen. Doch das Instrument selbst war offensichtlich nicht beschädigt. Ayfah hielt die Flöte dicht vor die Augen. Mit Mühe vermochte sie den Schriftzug zu entziffern, den Farun ihr nach ihrer Heilung gezeigt hatte:

Nichts ist möglich,
solang du bangst.
Alles ist möglich
jenseits der Angst.

Von neuer Hoffnung beflügelt suchte Ayfah die ganze Umgebung ab, sie rief immer wieder nach Farun, doch sie entdeckte keine weitere Spur von ihm. Als es in der Schlucht ganz und gar dunkel geworden war, setzte Ayfah sich nieder. Vom Fluß des Vergessens hielt sie sich fern. Sie wagte es nicht einmal, sich mit dem Wasser zu waschen, geschweige denn, es zu trinken. Lieber wollte sie Schmutz und Durst ertragen, als zu riskieren, Farun noch einmal aus dem Gedächtnis zu verlieren. Ohne ihn war ihr

Traum vom Meer wertlos. Ayfah tastete nach der Flöte. Angst machte ihr das Atmen schwer. Am liebsten hätte sie, um sich Mut zu machen, auf der Flöte gespielt. Doch diese hatte sich Farun geschenkt, er war ihr Träger. Ihre Finger strichen über die kunstvoll eingeritzten Buchstaben des Schriftzugs hin. Mit der Flöte in der Hand schlief Ayfah ein.

Am dritten Tag ihrer Suche stieß Ayfah auf einen Eingang, der in den Felsen gehauen war. Sie wagte sich ein paar Schritte hinein und stand plötzlich in einer großen Höhle, in deren Mitte ein Feuer brannte. An ihm saß ein Mann, der ihr den Rücken zuwandte. Ayfah erkannte ihn sogleich.

„Farun!“ schrie sie auf und rannte auf ihn zu. Der Mann wandte sich um und sah Ayfah an. Er schien sie nicht zu kennen. Seine Haut war bleich geworden. Ihm waren fast alle seine Haupt- und Barthaare ausgefallen.

Ayfah brach in Tränen aus und kniete nieder. „Farun, erkennst du mich nicht wieder? Ich bins, Ayfah, deine Frau! So sage doch etwas!“ Sie wollte ihn umarmen und küssen, doch der Mann wehrte sie ab.

Ayfah hielt ihm die Flöte hin. „Erkennst du wenigstens deine Flöte? Mit ihr hast du mein Leben gerettet. Weißt du nicht mehr? Der Spruch der Seherin, unsere Reise ins Gebirge, die Schicksalsbrücke? Du mußt dich doch erinnern!“

Der Mann schüttelte den Kopf.

Ayfah war verzweifelt. „Sprich doch mit mir!“

Der Mann zuckte mit den Schultern. Ayfah setzte sich schluchzend neben ihn ans Feuer. Mit einem solchen Wiedersehen hatte sie nicht gerechnet. Das war fast so, als wäre Farun tot. Wie sollte sie je eine Zukunft mit einem Mann haben können, der keine Vergangenheit hatte? Der nicht wußte, wer er war?

Ayfah hatte lange weinend dagesessen, als der Mann sie plötzlich am Ärmel packte. Angst flackerte in seinen Augen. Er wies mit dem Arm auf den Ausgang der Höhle und machte ihr ein Zeichen, sie solle verschwinden.

Ayfah starrte Farun an. „Was ist los? Warum soll ich denn gehen?“ rief sie aus. „Wie kann ich dich jetzt alleine lassen, kaum daß ich dich wiedergefunden habe? Farun! Warum erkennst du mich denn nicht?“
Der Mann wurde ungeduldig und wies mit seinen Händen immer in dieselbe Richtung. Ayfah erhob sich und verließ langsam die Höhle. Sie setzte sich in Sichtweite des Eingangs auf einen Felsen nieder. Ayfah hatte keine Ahnung, was sie tun sollte.
Da bemerkte sie, wie es plötzlich kalt und immer kälter wurde. Ayfah sah zum Eingang der Höhle hinüber. Ihr schien es, als sei irgendetwas soeben darin verschwunden. Sie schlich hinüber und ging den Gang entlang. Vorsichtig spähte sie um die Biegung und prallte zurück. Eine unförmige, gesichtslose Gestalt, die ganz aus Nebel zu bestehen schien, hatte Farun eingehüllt. Das Wesen wandte sich um und kam mit Farun auf den Ausgang zu. Rasch lief Ayfah zurück und versteckte sich draußen hinter einem großen Felsen. Schon trat das Nebelwesen aus der Höhle ins Freie. Kaum konnte Ayfah das Wesen im Nebel erkennen, so sehr wurde es eins mit ihm. Es schien weder Hände noch Füße zu haben. Lautlos glitt es, Farun in sich tragend, auf den Fluß des Vergessens zu.
Ayfah sah, wie das Nebelwesen Farun im Fluß untertauchte. Wollte es ihn ertränken? Ayfah zitterte am ganzen Körper. Sie wollte schreien, aber sie konnte nicht. Ihre Zunge fühlte sich wie ein Eisklumpen an, den sie nicht bewegen konnte. Die Kälte, die von dem Wesen ausströmte, ließ sie langsam in ihrem Versteck erstarren.
Da hörte Ayfah ein Stöhnen in ihrer Nähe. Sie fühlte, wie die Eiseskälte nachließ. Bald konnte sie ihre steifgefrorenen Glieder wieder bewegen. Auf allen vieren kroch sie zum Eingang der Höhle, woher das Stöhnen kam. Sie fand Farun am Boden liegen. Ihre Hände tasteten nach ihm. Rasch hob und senkte sich seine Brust. Der Mann rang um Atem. Ab und zu erbrach er Flußwasser. Als er sich ein wenig erholt hatte, schleppte er sich

zurück in die Höhle. Keuchend setzte er sich ans fast erloschene Feuer. Ayfah war ihm gefolgt. Sie warf etwas Gestrüpp, das sie in der Höhle fand, ins Feuer und entfachte es neu, bis seine Flammen wieder hoch aufschlugen. Erst jetzt sprach sie. Es war nur ein Flüstern. „Ich habe alles gesehen, Farun! Was ist das für ein scheußliches Wesen? Ich glaubte schon, es wollte dich ertränken!“

Der Mann sah auf. In seinen Augen stand noch immer die Angst. Ayfahs Herzschlag setzte einen Moment aus, als sie Faruns Gesicht erblickte. Weiß wie Mehl war es geworden. Auch die letzten Haare waren ausgefallen.

Ayfah flehte: „Farun, wir müssen fliehen! Sonst bringt dich dieses Wesen noch um. Bitte, komm' mit mir!“ Der Mann zeigte schweigend auf das Feuer, in dessen Flammen er starrte, und schüttelte den Kopf. Ayfah verstand. Farun wollte das Feuer nicht verlassen, vielleicht, weil er Angst hatte, ohne es zu erfrieren. Sie setzte sich neben ihn und dachte nach.

Nach einiger Zeit holte sie Faruns Flöte hervor und hielt sie ihm hin. „Spiele doch auf der Flöte, Farun! Sie hat mich geheilt. Sie wird auch dir helfen können!“

Der Mann blickte auf, sah sie an und schüttelte wieder den Kopf. Ayfahs Hoffnung sank jäh in sich zusammen. Wie sollte sich der Spruch der Seherin je erfüllen, wenn Farun sogar das Flötenspiel vergessen und verlernt hatte? „Dann kann ich ja deine Flöte ins Feuer werfen, wenn du nicht mehr auf ihr spielen willst!“

Sie war aufgestanden und nahe ans Feuer getreten. Herausfordernd sah sie Farun an. Der Mann war erschrocken. „Erwartest du vielleicht von mir, dir zu zeigen, wie man auf einer Flöte spielt?“

Der Mann zuckte mit den Schultern. Ohne nachzudenken setzte Ayfah die Flöte an ihre Lippen, und ihr Atem verwandelte sich in eine Folge von Tönen.

Sogleich hatte der Mann aufgeblickt. Ayfah sah, daß er den Flötentönen lauschte. Gebannt folgten seine Augen den Bewegungen ihrer Finger, über die sie selbst keine Kontrolle besaß. Es kam ihr so vor, als spielte die Flöte sich selbst und bediente sich dabei ihres Atems und ihrer Finger. Sie sah, wie die Angst allmählich aus Faruns Augen wich. Er schien nun krampfhaft bemüht, sich an irgendetwas zu erinnern. Ayfah konnte nicht aufhören zu spielen. Ihr war es, als zwinge die Flöte selbst sie dazu, immer neue Lieder und Melodien für Farun zu spielen.

Da spürte sie, wie sich wieder eine Eiseskälte um sie herum auszubreiten begann. Das Feuer brannte. Dennoch fröstelte es sie. Auch Farun fühlte die zunehmende Kälte. Sofort krümmte sich sein Körper zusammen. Die Angst war in seine Augen zurückgekehrt. Er sah Ayfah an. „Rasch, verschwindet und versteckt Euch!"

Es waren die ersten Worte, die Ayfah seit ihrem Wiedersehen aus seinem Munde vernommen hatte. Sie hätte beinahe die Flöte fallengelassen.

„Farun, du kannst sprechen!" Sie stockte einen Moment. „Erkennst du mich jetzt? Ich bin Ayfah."

Der Mann antwortete ihr: „Ich versuche mich schon die ganze Zeit zu erinnern, wo ich Euch schon einmal begegnet bin und wie ich hierhergekommen bin."

„Komm, laß uns fliehen!" Ayfah stand neben Farun.

„Ich kann nicht! Das Wesen, das abends aus dem Nebel des Flusses emporsteigt, hat mir schon so viel Wasser eingeflößt, daß ich keine Kraft mehr habe wegzugehen. Außerdem gibt es hier ein Feuer, das mich wärmt."

Erste Nebelschwaden drangen vom Eingang in die Höhle.

„Ich bitte Euch, verlaßt mich schnell, ehe ..."

Es war zu spät. Eisiger Nebel schlug den beiden entgegen. Das gestaltlose Wesen strömte herein und bewegte sich auf Farun zu. Es war Ayfah, als hätte das Feuer den Atem angehalten. Obwohl sie dicht neben ihm stand, waren die Flammen kraftlos und kalt geworden. Ayfah sah, wie das Nebelwesen Farun einzukreisen begann. Einen Augenblick später schon war er von dichtem

Nebel eingehüllt. Farun versuchte sich zu wehren, doch die Kälte ließ alle seine Glieder erstarren. Ayfah nahm all ihre Kraft zusammen und hob die Flöte wieder an ihre Lippen. Sie hatte Mühe die Flöte mit ihren erstarrten Händen festzuhalten. Sie blies ihren Atem in das Instrument. Sogleich ertönte ein wunderbar einschmeichelndes, verzauberndes Lied. Neues Leben kehrte in ihre Finger zurück und es war, als verbreiteten die Flötentöne Licht und Wärme in der ganzen Höhle.
Ayfah sah, wie das Nebelwesen, das Farun einhüllte, vor dem Lied der Flöte zurückwich. Es wandte sich dem Ausgang der Höhle zu. Ayfah lief an ihm vorbei und stellte sich vor den Ausgang. Wieder hob sie ihre Flöte an den Mund. Eine ausgelassen tänzerische Melodie erklang. Ayfah spielte um Faruns Leben. Langsam näherte sich ihr das Nebelwesen und versuchte, auch sie einzuhüllen. Aber der Nebel hatte keine Macht über Ayfah. An ihren warmen und lebendigen Flötentönen glitt er ab. Farun fiel zu Boden. Je länger Ayfah spielte, desto mehr löste sich der Nebel, der Farun umgab, auf. Die Kälte in der Höhle ließ allmählich nach und verwandelte sich in Wärme. Dann war von dem Nebelwesen nichts mehr zu sehen, nichts mehr zu spüren. Sie waren wieder allein in der Höhle.
Farun schloß seine Frau in die Arme.
„Ayfah!" flüsterte er selig, „du bist es!"
Er küßte sie.
„Zuerst war es wie ein Schleier, den die Flötentöne langsam von meinem Herzen zogen. Dann kam es mir so vor, als läge ich in einem unendlich tiefen Brunnen voller Wasser, tiefer als jeder Brunnen in der Wüste, den wir kennen. Angelockt durch deine Flöte tauchte ich langsam wieder empor. Und je höher ich kam, desto mehr Erinnerungen kamen zurück. Plötzlich wußte ich wieder, wer ich bin und wer du bist!"
Ayfah und Farun wanderten flußabwärts durch die Schlucht, begleitet vom unablässigen Rauschen des Flusses. Allmählich begannen die Nebelschwaden sich aufzulösen. Einzelne Sonnen-

strahlen verirrten sich bis zu ihnen. Die steilen Felswände auf beiden Seiten waren zurückgetreten, die Schlucht weitete sich zu einem Tal.
Unterwegs erzählten sie sich, was sie erlebt hatten. Farun war beinahe im Fluß ertrunken. Nur mit größter Anstrengung hatte er sich nach seinem Sturz aus dem Wasser ans Ufer retten können.
„Ich lag da, dämmerte vor mich hin, und hatte nicht die Kraft, auch nur einen Schritt zu tun. Da kam jenes Wesen zu mir, und es fühlte sich gar nicht kalt an. Es trug mich in die Höhle und legte mich nieder. Ich fand Brennmaterial, um mir endlich ein Feuer zu machen. So blieb ich in der Höhle, und meinen Durst löschte ich, indem ich das Flußwasser trank. Dann, eines Nachts, kam das Wesen wieder. Doch jetzt verbreitete es Nebel und Kälte um sich. Es zwang mich, noch mehr von dem Wasser zu trinken. Ich konnte nichts dagegen tun. Es trug mich, wie du gesehen hast, an den Fluß. Und ich trank und trank, bis es zufrieden war."
Als Ayfah Farun ihre Geschichte erzählte, staunte er und konnte kaum glauben, daß sie schon das Meer gesehen hatte. Wieder und wieder ließ er sich von ihr das Tuch beschreiben, das so blau wie der Himmel war, und das sie einst aus großer Höhe gesehen hatte.
Häufig spielte Ayfah für Farun auf der Flöte, und bald schon kehrte ein wenig Farbe in sein Gesicht zurück und die ersten Haare wurden sichtbar. Lange wanderten sie durch das große Tal, immer den Fluß entlang, der sich zu einem mächtigen Strom zu weiten begann. Je mehr sie sich dem Meer näherten, desto aufgeregter schlugen ihre Herzen.
Das Meer war so, wie Ayfah es gesehen hatte. Weit und unermeßlich wie die Wüste, aus der sie beide kamen, und noch schöner als sie.
So erfüllte sich der Spruch der Seherin, und Jahre später trug der Baum des Lebens neue Blätter.

Wolfgang Sewald

Der blaue Schmetterling

Das Leben ist rund, dachte das Wesen, das keinen Namen hatte und sich seiner Form nur vage bewußt war. Das Leben muß rund sein. Alles andere wäre unsinnig. Und außerdem ist rund ein wunderbares Gefühl.

Es rekelte sich behaglich in seiner schützenden eiförmigen Behausung und ließ ansonsten den lieben Gott einen frommen Mann sein.

Die Stunden und Tage gingen vorbei, und nichts schien sein Wohlbehagen zu schmälern, nichts trübte seine Zufriedenheit. Hin und wieder spürte es eine leichte Veränderung seines winzigen Körpers, aber das war nicht weiter beunruhigend. Es schwamm in einer warmen, nahrhaften Flüssigkeit und wähnte sich auf alle Ewigkeit in einem Zustand der Glückseligkeit.

Doch schließlich waren die Zeichen von Veränderung nicht zu übersehen. Das kleine Wesen wurde von einer geheimnisvollen Erregung erfaßt. Doch da war ebenfalls die Angst, und sie war überaus mächtig. Mit aller Kraft stemmte sich das kleine Wesen gegen das Unvermeidliche. Es war nicht bereit, sich einem Geschehen zu beugen, das einem anderen als seinem eigenen Willen entsprang. Es spürte, daß etwas Großes, Rätselhaftes es zwingen wollte, seine vertraute Behausung zu verlassen. Und es weigerte sich, diesem Zwang Folge zu leisten. Hier kannte es sich aus. Dies war seit dem Erwachen ins Leben sein Zuhause. Und mein Zuhause gebe ich nicht auf, dachte es trotzig, für wen oder was auch immer. Nein und nochmals nein! Über meine Zukunft bestimme ich ganz allein. Da konnte ja jeder kommen.

In diesem Moment gab ihm das Leben, der große Lehrer, seine erste Lektion, und sie lautete: Der eigene Wille ist gut und schön, aber es gibt Ereignisse, die sind stärker und lassen sich nicht beeinflussen.

Das gefiel dem kleinen Wesen gar nicht, und es war sehr zornig und aufgebracht. Doch aller Ärger nutzte nichts. Es gewann ständig an Gewicht und Größe, und zu allem Überfluß wuchsen ihm auch noch sehr viele Gliedmaßen. Seine noch vor kurzer Zeit so heimelige Behausung wandelte sich mit jeder Stunde zu einem Gefängnis, dessen Mauern sich enger und enger zusammenzogen und das Leben zur Qual machten. Schließlich, als es sich nicht mehr zu helfen wußte, durchbrach es widerwillig die Hülle seines Zuhauses und stieß ins Unbekannte vor.

Ein geheimnisvoller Instinkt ließ es innehalten. Und das war gut so. Denn ihm wurde bewußt, daß es auf etwas Grünem hockte und daß dieses Grüne von etwas Unsichtbarem in heftiges Schaukeln versetzt wurde.

„Ojeoje", wimmerte das Wesen, „habe ich es doch gleich geahnt, daß nichts Gutes dabei herauskommt, wenn man sein Zuhause verläßt."

Und während es noch dahockte und seine neuen Lebensumstände beklagte, nahm der Wind erneut zu und zauste ihm die winzigen Haare auf seinem langgestreckten Körper gehörig durcheinander. Mit dem Mute der Verzweiflung klammerte das Wesen seine vielzähligen Beine an das grüne Etwas und bangte um sein Leben. Es ahnte, daß es, wenn es nur einen Moment losließ, ins Bodenlose stürzen und geradewegs vom Leben zum Tode befördert würde. Gut, daß du so viele Beine hast, dachte das Wesen und entdeckte zum ersten Mal etwas Erfreuliches an sich.

Nach einer Weile ließ der Wind nach, und das grüne Etwas beruhigte sich. Das kleine Wesen ebenfalls. Es atmete befreit durch. Das war noch einmal gutgegangen.

Völlig unerwartet wurde alles um es herum in ein intensives Leuchten versetzt. Die Wolken verzogen sich und die Sonne brach durch. Ein einziger feiner Lichtstrahl fand den Weg durch das dichte Blätterwerk der alten knorrigen Linde und fiel direkt auf die Raupe. Für einen Moment war sie wie gelähmt. Angenehm prickelte die Wärme auf ihrer Haut, und das Licht und die Helligkeit verscheuchten die dunklen Gedanken und bösen Ahnungen. Erfreut stellte die Raupe fest, daß ihre Umgebung auch schöne Seiten hatte. Das machte den unwiderruflichen

Abschied von ihrer alten Behausung erheblich leichter. Die Raupe erkundete vorsichtig die Grenzen des Blattes. Einmal hätte sie sich beinahe zu weit vorgewagt. Ihr Kopf hing schon bedenklich weit über dem Rand, als sie sich schnell zurückzog und schwer atmend auf die Mitte des Blattes setzte.
Hier werde ich jetzt bleiben, dachte sie. Hier ist es sicher. So hockte sie nun und harrte der Dinge, die da kommen sollten. Und sie kamen in Form eines riesigen bedrohlichen Schattens.
Wie ein Pfeil schoß er herab. Doch diesmal war der Wind auf seiten der kleinen Raupe. Als sei er ihr Verbündeter, bewegte er das Blatt auf dem sie hockte und rettete ihr damit das Leben. Der Vogel flatterte an ihr vorbei, stieß einen hohen Schrei aus und stieg in die Lüfte, um zu einem neuen Angriff überzugehen. Doch als er genau hinschaute, hielt er erstaunt inne. Das Blatt war leer. Dieser Leckerbissen war verschwunden, als habe er nie existiert. Mit einem Mißfallenston flog der Vogel davon.
Die kleine Raupe allerdings betrachtete die Angelegenheit mit ganz anderen Augen. Sie hatte in Panik die Flucht ergriffen. Und da Panik bekanntlich blind macht, war sie gedankenlos über den Rand des Blattes gekrochen und in einen schier bodenlosen Abgrund gestürzt.
Doch auch diesmal hatte wohl jemand seine schützende Hand über die Raupe gehalten. Wie von einer wundersamen Macht geleitet, landete sie auf dem einzigen Grashaufen weit und breit. Und noch ehe sie Zeit zum Verschnaufen hatte, rollte sie hinunter auf einen Rasen.
„Ojeoje“, seufzte sie, „das Leben ist hart und nichts anderes als ein ständiger Überlebenskampf.“ Mühsam schlängelte sie sich durch die dichtstehenden Halme. Ein Durcheinander, das ihr Angst einjagte. Und hinter jedem Stengel lauerten womöglich tödliche Gefahren.
Ojeoje, dachte die kleine Raupe, wäre ich doch nur nicht in diese schreckliche Welt hineingeraten. Wie schön und heimelig war es doch in meiner warmen gemütlichen Hülle.

Und damit bekam sie ihre zweite Lektion, und sie lautete: Wenn man einmal geboren ist, gibt es kein Zurück. Selbst wenn man sich die Seele aus dem Leibe jammert.
Das gefiel der kleinen Raupe gar nicht, und sie war sehr zornig und aufgebracht.
Das wollen wir doch mal sehen, dachte sie und setzte mißmutig ihren Weg fort, der sie schließlich an das Ende des Rasens und zum Stamm einer alten Linde führte. Erleichtert stellte sie fest, daß es ihr ein Leichtes war, den mächtigen Stamm hinaufzuklettern. Sie verschmolz förmlich mit der Borke, und als sie dann ein kleines Loch fand, in das sie sich verkriechen konnte, war sie fast schon wieder glücklich. Es war zwar nicht wie in ihrer Hülle, aber doch sehr ähnlich und sie war überzeugt, den Unbillen des Lebens ein Schnippchen geschlagen zu haben.
„Hier", sagte sie triumphierend zu sich selbst, „hier bleibe ich. Hier ist es sicher, und niemand kann mir etwas anhaben."
Und das Leben, da es weder kleinlich noch rechthaberisch ist, gönnte der kleinen Raupe eine Zeit der Erholung.
Am kommenden Morgen allerdings brach die Wirklichkeit in Form eines dröhnenden Stakkatos wieder über sie herein. Ein Specht hatte sich die alte Linde als Futterplatz gesucht und hämmerte mit großer Wonne gegen die Rinde des Stammes. Die kleine Raupe allerdings packte das unverhüllte Entsetzen.
Der Tod nahte, unwiderruflich. Mit hämmerndem Schnabel fiel er über sie her und kannte kein Erbarmen.
Tock, tock, tock klopfte es ohne Unterlaß. Die kleine Raupe rollte sich zusammen und zitterte am ganzen Leib. Nichts konnte sie retten. Sie würde im Rachen eines Ungeheuers landen und ihr Leben würde beendet sein, bevor es begonnen hatte. Du mußt fliehen, sagte sie zu sich. Kriech um dein Leben. Und mit dem Mute der Verzweiflung wagte sie es, hinter der schützenden Rinde hervorzulugen. Was sie erblickte, raubte ihr den Atem. Ein schwarzes Ungeheuer hockte direkt über ihr. Ich bin verloren, dachte die Raupe. Sie beugte sich weiter aus ihrem Versteck

und... tock, tock. Die Vibration des Stammes war so stark, daß sie den Halt verlor und zum zweiten Mal kopfüber in den Abgrund stürzte. Sie fiel und fiel und landete in einem klebrigen, silbrigschimmernden Gewebe. Damit war sie sozusagen von einem Problem in das nächste gestürzt. Sie drehte und wendete sich, trat und schob, aber nichts half. Das klebrige Gespinst legte sich dichter und dichter um ihren kleinen Körper.

Dann spürte sie, daß sich jemand auf sie zubewegte.

Gebannt hielt die kleine Raupe den Atem an und lauschte. Ihr Herz hämmerte wild. Vorsichtig öffnete sie ein Auge und starrte ein achtbeiniges Monstrum an, das keine Eile zu haben schien.

„Nun“, sagte das Monstrum mit spitzer, Gänsehaut erzeugender Stimme, „was haben wir denn da?“

Es beugte sich herab, und sein übelriechender Atem drang der kleinen Raupe in jede Pore. Mächtige furchterregende Beißkiefer zerschnitten die klebrigen Fäden.

„Bei meiner Seele“, sagte die Spinne, „du bist wohl das Häßlichste, was mir jemals ins Netz gegangen ist. Aber auch Häßliches stillt den Hunger, wie ich zu sagen pflege.“

Auch die kleine Raupe hatte ihre eigenen Ansichten in bezug auf Häßlichkeit, doch angesichts der Umstände enthielt sie sich wohlweislich jeder Bemerkung. Gerade als die Spinne ihr lähmendes Gift in die kleine Raupe spritzen wollte, glitt lautlos eine Amsel heran und schnappte sich die Spinne als Beute für ihre Jungen. Dabei zerriß sie das Netz mit ihrem Flügel, und die kleine Raupe setzte unfreiwillig ihren unterbrochenen Fall gen Erdboden fort.

Die Abenddämmerung zog bereits herauf, und die Welt wurde in ein Zwielicht aus Schatten und helleren Flecken getaucht, die sich im Spiel des Windes ständig veränderten. Sie kletterte einen Halm hinauf. Doch bereits nach wenigen Zentimetern schwanden ihre Kräfte. „Ojeoje“, murmelte die Raupe, „ich bin in eine Welt ohne Liebe geraten. Ich bin häßlich, und alle denken nur ans Fressen, wenn sie mich sehen.“

„Jawohl“, sagte eine gemächliche Stimme, „wenn man dich genau betrachtet, bist du schon ein ordentlicher Happen. Meinen Hunger würdest du für eine Weile stillen.“
„Wer ... wer ist da?“ fragte die kleine Raupe.
Sie hörte ein Rascheln zu ihrer Linken und eine große finstere Gestalt schälte sich aus der Dunkelheit. Vor Schreck streckte die Raupe alle ihre Beine von sich, verlor den Halt und purzelte hinunter.
„Ich hoffe doch, du hast dich nicht verletzt“, sagte die gemächliche Stimme, und es schwang echte Anteilnahme darin. „Das täte mir wirklich leid.“
„Nein, nein“, antwortete die Raupe, „noch geht es mir gut.“
„Na, da bin ich doch beruhigt. Aber sag, was machst du hier? In deinem Alter sollte man nicht allein in der Nacht umherziehen. Die Nacht ist voller Gefahren. Sieh mich nur an.“
Die kleine Raupe schaute hoch. Das Licht des Mondes spiegelte sich in den Augen der großen Gestalt. Sie leuchteten golden, und ein hintergründiges, weises Lächeln lag darin.
Nach einigen Sekunden fand die kleine Raupe ihre Sprache wieder. „Ich möchte gar nicht allein durch die Nacht ziehen“, flüsterte sie traurig, „aber das achtbeinige Ungeheuer sagte, ich sei häßlich, und darum will wohl auch niemand etwas mit mir zu tun haben. Außer mich Fressen, das wollen alle. Du auch?“
„Im allgemeinen habe ich gegen eine gute Mahlzeit nichts einzuwenden. Aber wie es dein Glück will, habe ich erst kürzlich ausgezeichnet gespeist, und darum bin ich stattdessen bereit, gute Ratschläge zu verteilen. Also, das achtbeinige Ungeheuer nennt man Spinne, und von der brauchst du dir über Häßlichkeit nichts erzählen zu lassen. Jeder kehre vor seiner eigenen Haustür, wie ich zu sagen pflege. Und mich, mich nennt man Kröte, und was Häßlichkeit betrifft, da kann mir niemand das Wasser reichen.“ Die Kröte trat einen Schritt vor und wurde nun in ihrer ganzen Gestalt vom Mondlicht beschienen. Ihr Körper war über und über mit Pusteln und warzenähnlichen Auswüchsen bedeckt.

„Eine Schönheit bist du wirklich nicht", sagte die Raupe keck, „aber deine Augen sind wundervoll."
„Meinen herzlichen Dank für diese nette Schmeichelei. So etwas hört man immer wieder gern. Aber nun zu dir. Ich glaube, es wird Zeit, daß du zu deiner wahren Bestimmung findest."
„Was soll das sein, wahre Bestimmung?"
„Jedes Wesen auf dieser Erde hat eine Bestimmung, und nur der kann seine innerste Schönheit entfalten, der dieser Bestimmung folgt und sie erfüllt - so, wie es im Ewigen Plan gedacht ist. Und du, meine liebe Raupe, sollst nach diesem Plan ein bunter Schmetterling werden.
„Ein schönes Wort", antwortete die Raupe. „Aber, was ist ein Schmetterling?"
„Ein Schmetterling ist der Bote zwischen den Pflanzen und der Tierwelt. Er prunkt in den schönsten Farben. Sein Reich ist die Luft, und sein Dienst an der Welt sind die Anmut, die Schönheit und die Leichtigkeit."
„Ich höre, was du sagst, und verstehe es nicht, liebe Kröte."
„Ja", antwortete die Kröte, „so ist das mit der eigenen Bestimmung. Meist erkennt man sie erst, wenn man sie schon lebt. Aber viel wichtiger ist zu wissen, daß es eine gibt, und zwar für jeden von uns. Folge du nun deiner. Du wirst dich wundern, glaube mir. Träume den großen Traum", sagte die Kröte, lachte und war verschwunden.
Die kleine Raupe starrte lange Zeit auf die Stelle, wo die Kröte gesessen hatte, dann spürte sie plötzlich einen unwiderstehlichen Drang, sich einen schützenden Platz zu suchen.
Schließlich kletterte sie einen hohen, wunderbar duftenden Strauch hinauf, klammerte sich mit den Füßen an ein Blatt und ließ sich kopfunter daran hängen. Und dort, an diesem sicheren Platz, träumte sie den großen Traum, den Traum, ein Schmetterling zu sein - so, wie die Kröte es ihr geraten hatte.
Für eine lange, lange Zeit dämmerte sie in einem Übergangsstadium. Sie war umhüllt von einem weichen Kokon, und fast

glaubte sie, es sei alles wieder wie zu Anfang. Doch gleichzeitig war ihr klar, daß nichts jemals wieder so sein würde. Eine warme Dunkelheit lullte sie ein wie weicher Samt und zog ihre kleine Raupenseele in eine andere Welt, verwandelte sie so vollständig, daß sie sich bald nicht mehr daran erinnerte, wer sie einmal gewesen war.

Der neue Morgen zeigte sich von seiner freundlichsten Seite. Fast zärtlich strichen die ersten Strahlen der Sonne über den Horizont und weckten das Land aus seinem tiefen Schlaf. Nebelschwaden zogen über die taufeuchten Wiesen und lösten sich nur widerstrebend auf.

An einem Strauch, unterhalb eines Blattes, ereignete sich in diesem Augenblick ein Wunder der Schöpfung. Geduldig hing das Geschöpf und wartete, daß der eine, der große Traum in Erfüllung gehen möge.

Naß und klebrig war es schutzlos den Launen des Wetters ausgeliefert. Doch die Kraft der Sonne wuchs mit jeder Minute, und die wohlige Wärme trieb die letzte Feuchtigkeit aus seinen Flügeln. Für ein, zwei Wimpernschläge hielt die Welt den Atem an. Dann ließ das Geschöpf sich fallen und gab sich seinem neuen Lebensgefühl voller Freude hin.

Der Wind fing es auf, und gemeinsam tanzten sie einen Tanz der Schönheit und der vollkommenen Anmut.

„Sieh", sagte ein Kind zu seiner Mutter, „ein Schmetterling. So blau wie der weite Himmel und schöner als jede Blume."

Als der Schmetterling das hörte, glühte sein kleiner schlanker Körper in jeder kleinsten Faser. Ich bin wahrhaftig ein bunter, ein blauer Schmetterling, dachte er voller Glück und erinnerte sich plötzlich der Kröte und wußte, daß sie recht hatte.

Übermütig flatterte er durch die Luft, drehte Pirouetten und sang das Lied der Schmetterlinge, das nur der hört, dessen Herz in die Stille lauschen kann.

Doch wer es einmal gehört hat, den läßt es niemals wieder los.

In trunkener Seligkeit ließ sich der blaue Schmetterling auf eine

leuchtendviolette Blüte hinab. Und schon bald war er von unzähligen Schmetterlingsfreunden umgeben, die lachten und schwatzten und sich am köstlichen Nektar labten.
Der blaue Schmetterling hielt einen Augenblick inne und sah sich um. Es stimmt wahrhaftig, dachte er schließlich, jedes Wesen, ob Schmetterling, Kröte oder was auch immer, hat seine Bestimmung, und wer das weiß und sich auf den Weg macht, dem steht das Tor zu einem erfüllten Leben jederzeit offen.
„Jawohl. So ist es!" sagte er und lachte.
Und die Welt stimmte ihm schweigend zu.

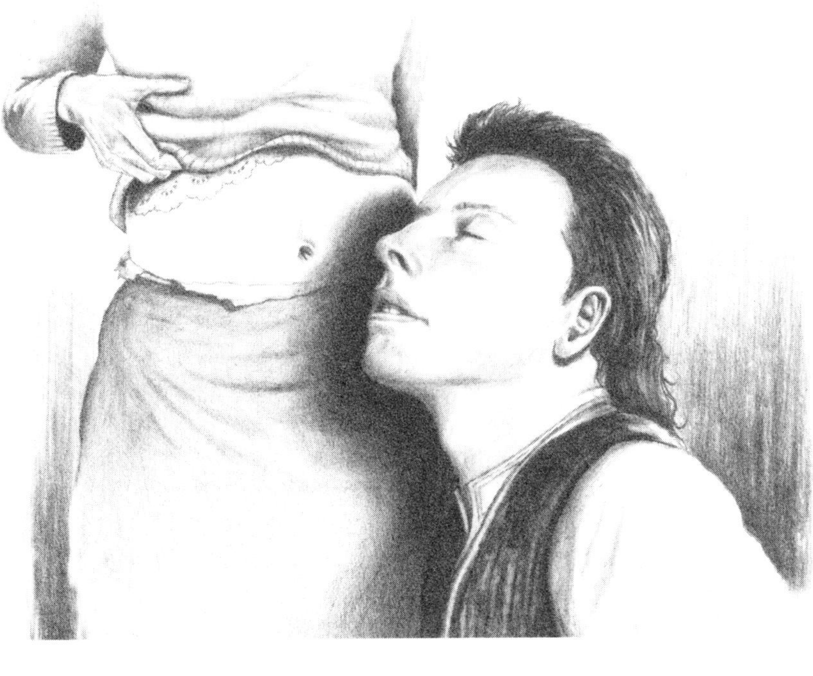

Martin Bauschke

Freia

Ein König hatte drei Töchter. Die jüngste, Freia, liebte er am meisten. Sie hatte die großen dunklen Augen ihrer Mutter, die kurz nach Freias Geburt gestorben war. Hinter dem Schloß befand sich ein riesiger Garten, in dem die Töchter des Königs gerne spielten. Der Garten war nicht nur schön, sondern auch geheimnisvoll, denn an seinem äußersten Ende befand sich eine mehr als mannshohe, undurchdringlich dichte Hecke. Zwei Wächter mit Schwertern in den Händen standen Tag und Nacht vor dem einzigen Durchlaß, den die Hecke bot. Oft hatten die Mädchen ihren Vater gefragt, was denn hinter dieser Hecke wäre. Der Vater gab ihnen im Laufe der Jahre stets dieselbe Antwort: „Wenn ihr alt genug seid, werde ich euch dieses Geheimnis zeigen."

Ihre Geduld wurde noch manches Jahr auf die Probe gestellt, bis es endlich soweit war. Mitten in der Nacht weckte der König die Prinzessinnen und forderte sie auf, mitzukommen. Ein voller Mond beleuchtete ihren Weg durch den Garten. Die Hecke war unbewacht. Die Prinzessinnen folgten ihrem Vater auf einem Pfad, der zwischen den hohen Büschen hindurchführte. Da sahen sie vier Teiche vor sich liegen, die wie Silberspiegel im Mondlicht schimmerten.

Der König sprach: „Das Geheimnis meines Gartens sind diese Teiche. In jedem von ihnen steckt eine Kraft, die auf den übergeht, der bei Vollmond ein Bad darin nimmt."

Der König zeigte auf den ersten Teich. „Wer in dieses Wasser eintaucht, der bekommt wunderschönes Haar. Seine Farbe wird so leuchten, daß sich alle danach umdrehen und es bewundern werden." Die Augen der Prinzessinnen wurden groß und rund wie der Vollmond, der über ihnen stand, und sie flüsterten aufgeregt miteinander.

Sie gingen weiter und der König wies auf den nächsten Teich. „Dieses Wasser birgt in sich die Kraft der Verjüngung. Wer darin schwimmt, dessen Haut verliert alle Falten, Flecken und Narben. Der Teich schenkt jedem sein jugendliches Aussehen wieder und

gibt einem das Alter zurück, das man sich wünscht." Die Herzen der Prinzessinnen schlugen höher. Diese Teiche waren wundervoll! Nun fühlten sie sich sogar vor der Häßlichkeit und Kränklichkeit des Alters sicher.
Am dritten Teich angekommen, sprach der König: „Wer ein Bad darin nimmt, gewinnt einen Liebreiz, daß ihm alle Herzen zufliegen werden. Alle Menschen werden denjenigen lieben und er wird keine Feinde mehr haben." Die Prinzessinnen klatschten begeistert in die Hände. Ein Bad in diesen Teichen würde sie zu den hübschesten Frauen des Königreichs machen! Was war das für ein Leben, das auf sie wartete!
Schließlich kamen sie zum letzten Teich. Schwarz lag seine Oberfläche vor ihnen, ohne das Licht des Mondes widerzuspiegeln. Auch die Miene des Königs verdüsterte sich. „Dies ist der Fluchteich. Seine Macht nimmt zu, je schmaler die Sichel des Mondes wird. Und in den Neumondnächten, wenn er den anderen Teichen all ihre Kraft geraubt hat, wird seine eigene Macht so unentrinnbar wie der Tod."
Der König sah seine Töchter an."Ein einziges Mal, in der Nacht vor eurer Hochzeit, dürft ihr in einem der Segensteiche baden. Überlegt gut, welcher euch der liebste ist. Doch im Fluchteich dürft ihr niemals baden! Versprecht mir das bei eurer Prinzessinnenehre!"
Ernüchtert starrten die jungen Frauen auf den Fluchteich. Doch die Freude über die Segensteiche siegte über ihre Furcht, und sie gaben dem Vater das verlangte Ehrenwort.
Von nun an liebten die Prinzessinnen den Garten noch viel mehr. In jeder Vollmondnacht durften sie zu den Teichen gehen. Sie spazierten um sie herum und malten sich aus, wie sie nach einem Bad in diesem oder jenem Teich aussehen würden. Bald hatten die älteren Schwestern ihre Wahl getroffen. Freia aber konnte sich nicht entscheiden. Je mehr Zeit verstrich, desto stärker spürte sie, wie es sie zum Fluchteich hinzog. Vom ersten Augenblick an hatte er ihre Neugier geweckt. Während die

Schwestern sich rund um die anderen Teiche vergnügten, war Freia oft am Rand des vierten Teichs gesessen und hatte ihn angestarrt. Er ließ ihr keine Ruhe mehr. Was mochte wohl seine Kraft sein? War sie wirklich so schrecklich wie der Tod? Woher wußte der Vater das überhaupt? Sie mußte unbedingt hinter diese Fragen kommen.

Eines Nachts schlich sich Freia aus dem Schloß. Eine schmale Mondsichel erhob sich über den Bäumen. Eingehüllt in einen weiten, schwarzen Kapuzenmantel eilte sie durch den Garten. Sie hatte keine Mühe, unbemerkt zwischen den beiden vor sich hindösenden Wächtern hindurchzuschlüpfen. Augenblicke später stand sie vor dem verbotenen Teich. Der Mantel glitt ins Gras. Nackt tauchte Freia in das Wasser ein. Ihr heftig pochendes Herz blieb fast stehen, so eisig war die Kälte, die sie umfing.

Plötzlich zuckte ein Blitz durch die Nacht. Vor Freia, mitten auf dem Teich, stand die Fee des Fluchteichs. Mit einem Lachen, das Freia durch Mark und Bein drang, rief die schwarze Fee: „Sobald du aus dem Wasser steigst, wirst du deiner Mutter gleichen! Auch du wirst die Macht meines Teichs zu spüren bekommen! Nichts und niemand wird dir helfen können.“ Wieder zuckte ein Blitz auf, und die Fee war verschwunden.

So schnell sie konnte, schwamm Freia ans Ufer zurück. Eine panische Angst fühlte sie in sich aufsteigen. Kaum berührte ihr Fuß das Gras, fühlte sie, daß mit ihr eine Veränderung geschah. Ihr Körper kam ihr fremd vor, als ob er nicht mehr zu ihr gehörte. Sie strich sich über Hände und Gesicht. Die Haut war rauh und faltig geworden. Freia hatte das Schreckliche sofort begriffen: der Fluchteich vereinte in sich die Gegensätze der anderen Teiche! Einer Eingebung folgend sprang sie nacheinander in die anderen Teiche. Vielleicht würde deren Kraft den Fluch wieder von ihr nehmen. Von irgendwo unter dem Nachthimmel drang das Lachen der Fee zu ihr, das ihre verzweifelte Hoffnung jäh erstickte. Die Wächter hörten die erbärmlich schluchzende Prinzessin und brachten sie sofort zu ihrem Vater. Als der König sie sah, erbleichte er. Freias blondes Haar war verwelkt und glich grauen Staubfäden. Ihre Haut war verrunzelt wie die eines alten Weibes. Zorn wallte in ihm auf, weil sie ihr Versprechen gebrochen hatte. Doch mehr noch erfüllte ihn ein alter Schmerz, den er viele Jahre vor sich und den Töchtern verborgen gehalten hatte. Nie hatte er seinen Töchtern vom Schicksal ihrer Mutter erzählt. Lange lief der König auf und ab, bis er endlich vor Freia stehenblieb und rief: „Wenn du wüßtest, was du mir angetan hast! Du bist nicht besser als deine Mutter! Ich will dich nicht mehr sehen. Bei Sonnenaufgang wirst du das Schloß verlassen und nie wieder zurückkehren."

Ihre Amme, eine weise, alte Frau, hatte Erbarmen mit Freia. Sie führte sie mit sich in ihre Dachkammer und tröstete sie. Schaudernd erzählte die Prinzessin, was sie erlebt hatte.

Die Amme strich ihr übers Haar und sprach: „Gib nicht die Hoffnung auf, Freia! Kein Fluch ist so stark, daß er nicht gebannt werden könnte durch etwas, das stärker ist als jeder Fluch. Die schwarze Fee hat übertrieben, um dich der Hoffnungslosigkeit auszuliefern. Ich weiß ein Mittel, das dich retten kann."

Die Prinzessin hob den Kopf und sah die Amme an. Diese nickte, um ihren Worten Nachdruck zu verleihen.

„Ich weiß, was ich sage. Zieh' dein Kleid aus und sieh' dir deinen Bauchnabel an." Verwundert tat Freia, wie die Amme ihr gesagt hatte. Noch überraschter war sie, als sie ihren Bauchnabel erblickte. Er war offensichtlich die einzige Stelle ihres ganzen Körpers, der vom Fluch der Fee unberührt geblieben war. Rund und schön wie ein voller Mond sah er noch immer aus.

Die Amme sprach: „Du hast Glück gehabt, daß heute nacht noch nicht Neumond ist. Die anderen Teiche besaßen noch Kraft genug, den Fluch abzumildern und dir deinen Bauchnabel unversehrt zurückzugeben. Wisse: wenn dich einer dreimal auf deinen Nabel küßt, wird die Macht der schwarzen Fee gebrochen sein. Gib also die Hoffnung nicht auf, auch wenn die Menschen dich auslachen und meiden werden. Die schöne, königliche Frau, die du einmal warst, bist du immer noch. Sie ist nur für denjenigen sichtbar, der dich mit den Augen des Herzens sehen kann."

Endlich wagte die Prinzessin zu fragen: „Die Fee sprach von meiner Mutter, und mein Vater sagte, ich sei nicht besser als sie. Was haben sie damit gemeint? Was ist mit meiner Mutter geschehen? Hat sie auch in diesem Teich gebadet?"

Die Amme hatte Freia nie etwas über das Schicksal der Mutter erzählt; der König hatte es verboten. Jetzt blickte sie die Prinzessin nachdenklich an. „Ich darf dir nichts darüber sagen. Doch es ist so, wie du vermutest. Auch deine Mutter hat in diesem verfluchten Teich gebadet."

Freia fiel ihrer Amme um den Hals. Und sie weinten lange miteinander.

Im Morgengrauen, während das Schloß noch schlief, verließ Freia den Ort, der ihre Heimat gewesen war. Nichts als das, was sie am Leibe trug, durfte sie mit sich nehmen. Keiner, der sie sah, wäre auf den Gedanken gekommen, daß sie eine Prinzessin sei. Eine einzige Kostbarkeit hatte sie bei sich: einen grünen Ohrring, den die Amme ihr zum Abschied geschenkt hatte:

„Trage diesen kleinen Ring im Ohr, dann wird er Sorge für dich tragen, und du wirst zur rechten Zeit die richtigen Dinge tun können. Verkaufe ihn nie, auch wenn es dir noch so schlecht ergeht. Verlierst du ihn, wirst du gefunden werden."

Der König aber beobachtete heimlich von seinem Fenster, wie Freia das Schloß verließ. „Es war ein Fehler, daß ich meinen Töchtern die Teiche gezeigt habe", sagte er sich, „jetzt ist es zu spät." Tränen rannen seinen Bart hinab.

Freia irrte in der Welt umher. Jahrelang lebte sie als Lumpensammlerin oder verdingte sich als Magd für niedrige Arbeiten, die sonst keiner verrichten wollte. Fast überall war sie ungeliebt und unerwünscht. Hin und wieder sah sie in ihren Träumen das Gesicht der Amme, das sie mit großer Liebe anblickte. Das machte ihr Mut und nährte in ihr die leise Flamme der Hoffnung.

Die Verachtung, die man sie überall spüren ließ, war für Freia schlimmer, als die ungewohnte und meist schmutzige Arbeit, die sie annehmen mußte, um nicht zu verhungern. Dazu kam das Gefühl, in einem Körper zu leben, der ihr fremd war, der nicht zu ihr gehörte. In der dunklen Jahreszeit, besonders in den Neumondnächten, verdüsterten sich auch ihre Träume. Es verfolgte sie das Lachen der Fee vom Fluchteich, das so kalt und schwarz war wie das Wasser ihres Teichs.

Eines Tages gelangte Freia in eine große Stadt. Hier herrschte ein König, der in die Jahre gekommen war und einen einzigen Sohn hatte. Seit Wochen fanden auf dem Schloß prächtige Feste und Bälle statt. Der König hatte bestimmt, daß sich sein Sohn unter den jungen Frauen des Landes eine Braut wählen sollte. Der Königssohn aber fand keine, die ihm gefiel. Er suchte nach einer Frau, die anders war als diese fest geschnürten, Seide und Satin rauschenden Schönheiten mit ihren maskenhaften Gesichtern.

Schließlich war er der Feste überdrüssig. Der Königssohn beschwor den Vater, sich auf seine eigene Art eine passende Braut suchen zu dürfen. Er stieß auf taube Ohren. Erst als der Königssohn damit drohte, ledig zu bleiben und, wenn nötig, sogar auf die Thronfolge zu verzichten, gab sein Vater nach. Alle weiteren Feste wurden abgesagt. Stattdessen ließ der Königssohn bekanntgeben, es werde ein dreitägiger Brautwettbewerb stattfinden. Jede Frau dürfe daran teilnehmen, gleich welchen Alters, Aussehens oder Standes sie sei.

Freia horchte auf, als ein Herold auf dem Marktplatz den Wettbewerb ankündigte. Gemeinsam mit anderen war sie gerade dabei, die vielen Straßen und Plätze der Stadt zu reinigen. Freia gefiel die Idee des Königssohnes. Bald konnte sie an nichts anderes mehr denken als an den Wettbewerb. Sie war hin- und hergerissen. Konnte sie es wagen, daran teilzunehmen?

Am ersten Morgen des Wettbewerbs hatte sich die halbe Stadt im Schloßpark versammelt. Jede Frau, die teilnehmen wollte, wurde durch die Schranken gelassen. Als die Leute Freia in ihren

Lumpen sahen, die ebenfalls durchgelassen wurde, zeigte man mit höhnischem Lachen auf sie. In Hofkreisen, bis hinauf zu den Ministern, war in den letzten Tagen viel getuschelt worden. Viele hielten den Königssohn für verrückt und wunderten sich, daß der König sich das bieten ließ. So etwas hatte es noch nie gegeben! Manch' eine der vornehmen jungen Frauen reiste verärgert oder empört ab, froh darüber, noch rechtzeitig vor einem Sonderling bewahrt geblieben zu sein. Dafür schlug das Herz so mancher Tochter aus dem einfachen Volk nun umso schneller. Auch die Ärmste hatte ihr sauberstes Kleid angezogen oder sich eines geliehen. Freia aber war gekommen, wie sie war.

Der Königssohn trat aus dem Schloß. Ein Herold an seiner Seite gab bekannt, daß der Prinz am ersten Tag des Wettbewerbs nacheinander mit den Frauen fechten werde. Diener verteilten Degen unter den Frauen, von denen die meisten zum erstenmal in ihrem Leben eine Waffe in Händen hielten. Einige ließen ihn fallen und gingen rasch davon. Den ganzen Tag focht der Königssohn mit den Bewerberinnen. Zuletzt kam er zu Freia. Sie kämpfte so tapfer und geschickt mit ihm, daß alle staunten. Das hatte ihr niemand zugetraut.

Schließlich ließ der Königssohn seinen Degen sinken. Er trat auf die Fremde zu und sprach sie an wie eine Edeldame: „Eurer Haut könnt Ihr Euch sehr gut erwehren! Wo habt Ihr, wenn ich fragen darf, das Fechten gelernt?"

Freia antwortete, noch etwas außer Atem: „Schon als Kind habe ich häufig mit meinem Vater zusammen im Garten gefochten."

Der Königssohn nickte. Mit lauter Stimme erklärte er: „Diese Frau hat am tapfersten gekämpft. Sie ist die Siegerin des ersten Tages!" Er wandte sich nochmals Freia zu: „Ich bewundere Eure Tapferkeit so sehr, daß ich Euch einen Wunsch freigebe."

Freia schlug das Herz bis zum Hals. Nun war der Augenblick gekommen! So leise, daß nur der Königssohn sie hören konnte, sagte sie: „Küßt mich auf..." Freia stockte einen Moment, „auf den Bauchnabel!"

Überrascht sah der Königssohn sie an. Was war das für ein seltsamer Wunsch! Er zögerte einige Augenblicke, die Freia wie eine Ewigkeit vorkamen. Dann erklärte er sich einverstanden. Freia entblößte ihren Bauchnabel. Schön wie der Vollmond schimmerte er. Der Königssohn beugte sich nieder und küßte ihn.
Er richtete sich wieder auf und lächelte Freia an. „Bis morgen!" sprach er und begab sich in das Schloß.
Es war Freia, als träumte sie. Der Kuß des Königssohnes auf ihren Nabel war ein Augenblick vollkommenen Glücks für sie gewesen. Nun fühlte sie sich so leicht, als wäre eine große Last von ihren Schultern genommen worden, und ihre Seele hätte nach langer Zeit begonnen, ihre Flügel zu bewegen.
Stumm hatte die Menge zugesehen. Freia bemerkte, wie die Leute sie mit anderen Augen betrachteten. Anerkennend gaben sie ihr den Weg frei. Manch einer sagte ihr ein ermutigendes Wort und wünschte ihr Glück für den morgigen Tag.
Der Festsaal des Schlosses war überfüllt. Die Zuschauer drängten sich entlang den Wänden. Alle blickten bewundernd auf die große Harfe, das Lieblingsinstrument des Prinzen. Dieser hatte für den zweiten Tag des Wettbewerbs bestimmt, daß die Frauen der Reihe nach singen sollten, während er sie auf seiner Harfe begleiten würde. Singen dürften sie, was sie wollten.
Den ganzen Tag spielte der Königssohn auf seiner Harfe, und die Bewerberinnen suchten, ihm mit Liebesliedern zu gefallen. Zuletzt, so hatte das Los es auch heute bestimmt, kam Freia an die Reihe.
Sie sang kein Liebeslied. Singend erzählte sie von ihrer leidvollen Wanderschaft durchs Leben, von den wenigen gütigen Menschen, die ihr unterwegs begegnet waren. Singend beschrieb sie die Last dieser Jahre, den Hunger, die Einsamkeit, die nächtlichen Ängste. Von ihrer Herkunft und dem Fluch, der auf ihr lag, kam kein Ton über ihre Lippen.
Als der Königssohn Freias Stimme vernahm, hatte er sogleich alles um sich vergessen. Während er seine Harfe schlug, wurde

er ganz Ohr für das Lebenslied dieser Frau. Dergleichen hatte er nie gehört. Daß menschliches Leid so groß sein konnte und die Güte des Herzens eine Seltenheit war, hatten ihm seine Lehrer nicht erzählt. Erst diese Fremde hatte mit ihrem Lied begonnen, ihm die Augen für das Leben, wie es wirklich ist, zu öffnen.
Freia hatte ihren Gesang beendet. Vollkommen still war es im Saal.
Der Königssohn trat zu ihr: „Wenn Ihr singt, tragt Ihr Eure Seele auf den Lippen. Habt Ihr die Gesangskunst auch von Eurem Vater gelernt?"
„Nein, bei meiner Amme. Oft haben wir miteinander in ihrer Kammer unter dem Dach gesungen."
Der Königssohn wandte sich den Menschen zu und rief: „Diese Frau hat am schönsten gesungen. Sie ist die Siegerin auch des zweiten Tages!" Dann sah er wieder Freia an: „Darf ich Euch nach Eurem Namen fragen?"
„Ich heiße Freia."
„Und ich heiße Leander." Er zögerte. „Ich habe nicht alles verstanden von dem, was Ihr gesungen habt. Doch ich habe einiges gelernt. Darum gebe ich Euch erneut einen Wunsch frei."
Mit festerer Stimme als am Tag zuvor sprach Freia ihren Wunsch aus. Der Königssohn wunderte sich noch mehr. Warum hatte sie sich wieder dasselbe von ihm gewünscht? Langsam beugte Leander sich nieder und küßte Freias Bauchnabel zum zweitenmal.
Als er sich aufrichtete, verschlug es ihm die Sprache. Ein Flüstern wehte durch den Saal. Die Siegerin des ersten und des zweiten Tages war nicht wiederzuerkennen! Freias Haut, die fleckig und runzelig wie bei einer alten Frau ausgesehen hatte, war plötzlich so weich und zart wie die Haut eines jungen Mädchens geworden. Lange, sehr lange sah der Königssohn sie an. Und ein kleiner, grüner Ring, den sie an ihrem rechten Ohr trug, fiel ihm auf.
Den ganzen Abend wanderte Freia durch die Straßen und Gassen der Stadt. Immerzu sah sie die staunenden, fragenden Augen

Leanders vor sich. Ihr kam es vor, als hätte sie sich nicht so sehr durch seinen zweiten Kuß, sondern seiner Augen wegen verwandelt. Wenn er sie ansah, fühlte sie sich wohl in ihrer Haut, wie noch nie in ihrem Leben. Als wäre er ein Zauberkünstler, der alles Schöne und Gute in ihr weckte und zu Tage förderte.

Eine riesige Menschenmenge hatte sich am folgenden Morgen auf dem Platz vor dem Schloß versammelt. Der Herold des Königs hatte angekündigt, daß nur die Siegerin des dritten Tages die Braut des Prinzen würde. Der alte König selbst habe es so bestimmt. Ein Murren ging durch die empörte Menge, einzelne Pfiffe und Buhrufe wurden laut. Die fremde Bewerberin hatte sich die Herzen vieler Menschen erobert, die sie gerne auch heute als Siegerin und als Braut des Königssohnes sehen wollten. Dieser betrat nun den Platz, an seiner Seite erschien der König selbst. Das Murren und die Pfiffe verstummten. Der Herold forderte die Bewerberinnen auf, nach vorne zu kommen. Eine einzige Frau trat durch die Schranken. Es war nicht die, auf welche der Königssohn jetzt sehnlich wartete. Aber sie schien die einzige Bewerberin zu sein. Freia kam nicht. Ungeduldig befahl der Königssohn dem Herold, noch einmal seine Aufforderung auszurufen.

Eine wachsende Unruhe ergriff das Volk und nahm auch von Leander Besitz. Seine Augen wanderten suchend über das bunte Meer von Köpfen und Gesichtern. Doch von Freia war nichts zu sehen. Da sah er seinen Vater leise mit dem Herold und dem Führer seiner Wache sprechen.

Der Herold erhob seine Stimme und rief: „Am heutigen dritten Tag gibt es nur eine einzige Bewerberin. Unser König hat bestimmt, daß damit der letzte Wettbewerb überflüssig geworden ist. In Seinem Namen erkläre ich Lara, Prinzessin von Morgund, zur Siegerin des Wettbewerbs und zur Braut des Prinzen."

Leander traute seinen Ohren nicht. Wütend wandte er sich seinem Vater zu, der den Blick abwandte. Die Menge war totenstill. Alles schaute zu ihm hin und wartete darauf, wie er, der Königs-

sohn, wohl reagieren würde. Da zersprang etwas in seinem Herzen und Leander schrie: „Ich will Freia, keine andere!" Im nächsten Augenblick war er in der Menge, die ihm zujubelte, verschwunden.
Es war Nacht. Der alte König lag wach und dachte nach. Er war sehr zufrieden mit dem Verlauf dieses Tages. Zwar hatte er sich den Zorn des Volkes zugezogen, aber seine Soldaten hatten die Lage schnell und energisch wieder unter Kontrolle gebracht. Bei der anstehenden Hochzeit seines Sohnes würde er durch seine Großzügigkeit allen Unmut, auch unter seinen Höflingen, ausräumen.
Der König hatte seinen Sohn zunächst gewähren lassen, in der Hoffnung, daß er vielleicht tatsächlich eine standesgemäße Frau finden würde. Als er aber kommen sah, wer die Braut seines Sohnes werden würde, hatte er eingegriffen. Kurzerhand hatte der König seiner Wache befohlen, jene Frau noch am Abend des gestrigen Tages unauffällig zu ergreifen und an einen geheimen Ort zu bringen. Auch heute war alles nach Plan verlaufen. Prinzessin Lara war seine Wunschkandidatin gewesen, und sie würde Leanders Frau werden, mochte dieser noch so halsstarrig sein. Wenn Leander nach ihm König werden wollte, dann nur mit einer Frau von Adel an seiner Seite.
Die Frage war nur: Was sollte mit jener anderen geschehen? Wie konnte er sie am besten verschwinden lassen?
Plötzlich zuckte ein Blitz unter dem Baldachin seines Bettes auf. Der alte König fuhr hoch. Kerzengerade saß er in seinen Kissen und starrte zum Fußende. Dort stand eine Gestalt, die kaum zu erkennen war. Ein bläulich schwarzes Licht erhellte schwach ihre Umrisse. Der König tastete nach seinem Schwert.
„Seid gegrüßt, oh König! Laßt Euer Schwert liegen, Ihr habt nichts zu befürchten."
„Wer seid Ihr? Was wollt Ihr hier?"
„Die Fee vom Fluchteich stattet Euch einen Besuch ab. Ich biete Euch meine Hilfe an."

„Ich verstehe nicht..."
„Ihr haltet eine gewisse Person versteckt, für die ich ein ideales Gefängnis kenne. Dort wird sie spurlos und auf Nimmerwiedersehen verschwinden. Das ist es doch, was Ihr wollt?"
Verblüfft hatte der alte König zugehört.
„Was für ein Gefängnis meint Ihr und wo liegt es?" fragte er mit wachsendem Interesse. Die Fee lachte.
„Weit von hier. Ich werde Euch den Weg zeigen. Trefft heute Nacht noch Eure Vorbereitungen, so daß Ihr morgen schon aufbrechen könnt. Denn mein Gefängnis steht in jedem Monat nur eine Nacht lang offen."
Der König starrte die Fee an. Zweifel kamen in ihm auf.
„Warum interessiert Ihr Euch für diese Frau? Kennt Ihr sie?"
„Das geht Euch nichts an!" erwiderte die Fee in barschem Ton. „Ihr sollt für Eure Mühe belohnt werden, wie es sich für einen König geziehmt. Ich verspreche Euch ein Mittel gegen das Alter."
Das Herz des Königs machte einen Sprung. Seine Zweifel waren vergessen.
„Welches Mittel?"
„Ein Bad in einem meiner anderen Teiche. Es wird Euch die Haut Eurer Jugend zurückgeben."
Der alte König war einverstanden.
Leander stand oben auf dem Turm, welcher das Schloß überragte. Die Sterne sahen auf ihn herab, beneidenswert weit den Tücken des irdischen Lebens entrückt. Seit Tagen durchkämmte der Königssohn die Straßen und Gassen der Stadt nach Freia, ohne bisher die geringste Spur von ihr entdeckt zu haben. Leander ließ seine Blicke über die Stadt schweifen. Wo war Freia? Er spürte, daß sie der Mensch war, an dessen Seite er lernen könnte, mit offenen Augen durchs Leben zu gehen. Offen für das Leid der Menschen, aber auch für ihre verborgene Schönheit.
Es war nicht nur die Sorge um sie, die Leander nachts nicht zur Ruhe kommen ließ. Es war auch der wachsende Zorn auf seinen Vater. Vor den Augen des ganzen Volkes hatte dieser ihn ge-

demütigt und eine Frau, an der Leander kein Interesse hatte, zu seiner Braut erklärt. Vor drei Tagen dann, beim Abschied, hatte der alte König ihm einen Monat Bedenkzeit eingeräumt.
„Wenn ich zurückgekehrt bin, erwarte ich deine Zustimmung.“ Mit diesen Worten, die zeigten, daß er keinen weiteren Widerstand dulden würde, war sein Vater zu einer Reise in ein entlegenes Königreich aufgebrochen.
Leander hatte nicht den Mut gehabt, ihm entgegenzutreten und den Verdacht, den er gegen seinen Vater hegte, auszusprechen. Leander war sich fast sicher, daß er etwas mit dem Verschwinden Freias zu tun hatte und vielleicht sogar wußte, wo sie war. Langsam stieg er die Stufen der Wendeltreppe hinab. Da blitzte am Fuße der Treppe, im Schein der Fackeln, ein grünes Licht auf. Leander bückte sich. Das war Freias Ohrring! Rasch hob er ihn auf und steckte ihn ein.
War Freia etwa hier in diesem Turm? Er hatte doch überhaupt keine Räume, sondern bestand einzig aus dieser großen Treppe. Gab es vielleicht noch einen Keller darunter, von dem er bislang nichts gewußt hatte? Leander nahm eine Fackel von der Wand und begann, fieberhaft die Wände und den Steinboden im Erdgeschoß des Turms abzusuchen. Schließlich entdeckte er eine verborgene Vorrichtung, die, als er sie betätigte, eine Öffnung im Boden des Turms freigab. Steile, aus dem Fels gehauene Stufen führten in die Tiefe.
Leander stieg hinab, bis er in einen Gewölbekeller kam. Laut rief er nach Freia. Nichts war zu hören. Die Stille des Kellers hatte selbst das Echo seiner Stimme verschluckt. In einem der hinteren Räume fand er die Spuren von Freias Gefangenschaft. Der Verdacht wurde ihm jetzt zur Gewißheit. Das hier konnte unmöglich ohne Wissen und Willen seines Vaters geschehen sein! Was hatte er mit Freia vor?
Noch in derselben Nacht brach Leander auf und jagte der Reisekutsche seines Vaters hinterher. Bei sich trug er Freias Ohrring. Der abnehmende Mond, der am Himmel stand, goß sein Licht

auf Leanders Wege. In kaum zehn Tagen würde Neumond sein. Er trieb sein Pferd zu noch größerer Eile an.
Freia bekam das Schloß ihres Vaters nicht zu sehen. Auf verborgenen Pfaden brachte man die Gefangene in der Neumondnacht zu jener dichten, hohen Hecke im hinteren Teil des Gartens, der ihr nur zu vertraut war. Der Zugang zu den Teichen war unbewacht. Alleine und gefesselt ließ man Freia am Rande des Fluchteichs zurück. Tage voller Angst und Schrecken lagen hinter ihr. Gefangengehalten unter dem Schloßturm, hatte die schwarze Fee sie mit ihren Drohungen und ihrem häßlichen Lachen fast wahnsinnig gemacht.
„Du hast dich zu früh gefreut! Noch immer habe ich alle Macht über dich. Ich sorge schon dafür, daß der Königssohn deinen Bauchnabel kein drittesmal zu sehen bekommt. Ich werde dich in die Tiefen meines Teiches hinabziehen, wie deine Mutter!"
Später dann, auf der rasanten Kutschenfahrt, hatte Freia bemerkt, daß sie ihren Ohrring verloren hatte. Seither begann sie wieder zu hoffen. Die Worte der Amme klangen ihr nach all den Jahren noch immer in den Ohren: „Wenn du ihn verlierst, wirst du gefunden werden."
Ein Rascheln in ihrer Nähe ließ Freia aufschrecken. Eine Hand berührte ihre Schulter. „Hab keine Angst, Freia!"
Es war die Stimme ihrer Amme. Freia schrie vor Freude auf. Rasch schnitt die Amme ihr die Fesseln durch und Freia fiel ihr um den Hals. Eine Zeitlang drückten sie sich fest aneinander. Dann machte die Amme sich von Freias Umarmung los.
„Hör mir gut zu. Ein Traum in der letzten Nacht sagte mir, daß du wiederkommen würdest. Bald ist Mitternacht und Leanders Vater wird kommen, um dich der Fee auszuliefern und in den Fluchteich zu werfen. Dann will er ein Bad im Teich der Verjüngung nehmen, wie es ihm die heimtückische Fee im Gegenzug versprochen hat."
Die Amme zögerte einen Moment, ehe sie weitersprach. „Freia, ich habe dir ein Schwert mitgebracht. Laufe nicht davon, son-

dern stelle dich dem König! Aber glaube ihm kein Wort, was immer er dir versprechen mag. Keine Angst! Der, auf den du so sehnlich wartest, ist nicht mehr fern. Hier, nimm!"
Freia spürte, wie ihr ein Schwert in die Hände gelegt wurde. Da brach es aus ihr hervor: „Was ist mit meiner Mutter? Sag' mir endlich alles!" Freia suchte in der Finsternis nach dem Gesicht ihrer Amme. Diese schwieg.
„Bitte, sag' mir die Wahrheit", flehte sie noch einmal.
„Frage die Fee", flüsterte die Amme, umarmte Freia schnell, und war schon wieder in der mondlosen Nacht verschwunden. Freia wog das Schwert in ihren Händen. Sie war bereit, um ihr Leben und ihr Glück zu kämpfen. Sie würde die Fee zwingen, das Geheimnis ihrer Mutter preiszugeben. Nie zuvor hatte Freia sich so stark und zuversichtlich gefühlt wie in diesem Augenblick.
Endlich sah Freia einen Lichtschein, der sich rasch näherte. Mit einer großen Fackel in der Hand erschien der alte König im Durchgang der Hecke. Freia erwartete ihn, das Schwert in Händen. Überrascht blieb der König stehen.
„Tretet näher! Oder fürchtet Ihr Euch vor mir?" fragte die Prinzessin, und es lag Spott in ihrer Stimme. „Nur weil ich keine Fesseln mehr habe und genau so gut bewaffnet bin wie Ihr selbst?"
Der König schluckte seinen aufwallenden Zorn hinunter. Ohne sie auch nur eines Wortes zu würdigen, zog er sein Schwert und stürmte auf Freia ein. Leichtfüßig parierte die Prinzessin seinen Angriff. Geschickt und klug stellte sie sich dem Kampf. Sie bedrängte den schwerfälligen, schnell außer Atem kommenden König derart, daß dieser schon bald mit dem Rücken zum Fluchteich stand. Erst jetzt brach der König sein Schweigen.
„Hört auf zu kämpfen! Ich bitte Euch! Ich werde Euch und meinem Sohn keine Steine mehr in den Weg legen. Ihr sollt seine Frau werden. Ja, ich verspreche Euch ein Hochzeitskleid, wie es noch keine Braut unter der Sonne getragen hat. Aber nun haltet ein, und gebt mir Euer Schwert."

Nun war es an Freia, den König keines Wortes zu würdigen. Sie hatte sich die Warnung der Amme zu Herzen genommen. Ihre Antwort war, daß sie noch heftiger auf den König eindrang. Sie versetzte ihm mit aller Kraft einen Hieb. Der König schrie auf und stürzte rücklings in den Teich. Freia bückte sich schnell und hob die Fackel auf, die ihm entfallen war. Auf dem Wasser war keine Spur mehr von dem König zu sehen.

Da zuckten blauschwarze Blitze durch die Nacht. Neben Freia stand die Fee.

„Man muß zugeben, daß du tapfer zu kämpfen verstehst! Aber das nützt dir nichts! Nun wirst du das Schicksal dieses elenden Königs teilen."

Sie ließ ihr Lachen hören, vor dem sich Freia so viele Jahre gefürchtet hatte. Doch jetzt ließ sie sich von der blitzenden Erscheinung der Fee und ihrem häßlichen Lachen nicht mehr einschüchtern. Auch vor ihren Drohungen hatte sie keine Angst mehr. Sie fragte: „Welches Schicksal meint Ihr denn? Das meiner Mutter?"

Erneut brach die Fee in ihr Lachen aus. „Erraten! Das Schicksal deiner Mutter. Sie war so töricht wie du, in meinem Teich zu baden."

„Und weiter", drängte Freia. Langsam hob sie ihr Schwert. „Was geschah dann mit ihr?"

„Mein Fluch kam über sie. In einer Neumondnacht war es dann um sie geschehen, so wie jetzt um dich! Genug der Worte!"

Die Fee ergriff Freias rechten Arm, der sogleich kalt wie Eis wurde. Die Waffe entfiel ihrer Hand. Da sah Freia ein Schwert aufblitzen, das der Fee mit einem Streich den Kopf abschlug.

„Schnell, zünde sie an!" hörte sie Leander rufen.

Freia warf ihre Fackel auf die Fee. Gierig griff das Feuer nach der schwarzen Gestalt, die zu Boden stürzte, und fraß sie auf. Dann war nur noch ein Häufchen Asche von ihr übrig.

Leander und Freia lagen sich in den Armen.

Da hörten sie wieder das Lachen der schwarzen Fee, das vom

Fluchteich kam und sich ihnen wie ein Sturmwind näherte.
„Habt ihr etwa gemeint, kaltes Feuer mit heißem Feuer auslöschen zu können?"
„Rasch, küsse mich", sagte Freia und entblößte ihren Bauch. Leander begriff sofort und beugte sich nieder. Er küßte Freias Bauchnabel. Im selben Augenblick zersprang das Lachen der Fee wie ein Spiegel in tausend Stücke, und die schwarzblauen Blitze fielen wie Regentropfen in den Teich. Lautlose Stille, vollkommener Friede umfing die beiden, die sich rechtzeitig wiedergefunden hatten.
Im Schloß war Freias Vater zu Bett gegangen. Vor einer Stunde hatten er und sein überraschend eingetroffener Staatsgast ihre Gespräche beendet. Der König hatte seinem Gast eine gute Nacht gewünscht, während dieser darum gebeten hatte, nach der langen Reise noch ein wenig im Park spazierengehen zu dürfen. Freias Vater hatte eben die letzte Kerze löschen wollen, als sein Kammerdiener bei ihm eintrat, um ihm zu sagen, seine Tochter sei zurückgekehrt, mit einem Fremden an ihrer Seite.
Mit einem Satz war der König aus dem Bett. Er konnte es kaum glauben! Er war sehr zornig und zugleich enttäuscht von seiner Lieblingstochter gewesen. Dennoch war in seinem Inneren die Sehnsucht nach ihr nie erloschen. Der König freute sich über ihre Rückkehr. Zugleich hatte er Angst. Wie sollte er in Zukunft ihren Anblick ertragen, welcher ihn jedesmal an das Schicksal seiner Frau erinnern würde? Und wie konnte er Freia jetzt vor der Gefahr des Teichs schützen, ohne ihr alles erzählen zu müssen?
In höchster Eile ließ sich der König ankleiden. Dann ging er, um seine Tochter und den Fremden willkommen zu heißen. Das Wiedersehen machte ihn sprachlos. Er starrte die hochgewachsene Frau, die vor ihm stand, an. Freia war schöner, als er sie je gesehen hatte. Ihre Haare leuchteten so goldgelb, als schiene die Sonne in ihnen. Auch der Mann zu ihrer Linken blickte immerzu Freia an, als sähe er sie zum erstenmal.

„Freia!“ rief der König endlich und stürzte mit offenen Armen auf seine Tochter zu. „Du hast den Fluch überwunden?!“
„Ja, die Fee ist besiegt, mit der Hilfe dieses Mannes! Das ist Leander.“ Mit wenigen Worten erzählte Freia dem Vater, was sich zugetragen hatte. Der König umarmte Leander und drückte ihn fest an sich.
„Vater?“ Freias Stimme zitterte. “Was ist damals mit meiner Mutter geschehen?“
Der König wandte sich um. Er kämpfte mit den Tränen. Er blickte seine Tochter an. Sie war erwachsen geworden. Er wußte, daß sie ein Recht hatte, zu erfahren, was er ihr bisher verschwiegen hatte.
„Sie trug dich schon unter ihrem Herzen“, fing er stockend an, „als sie eines Nachts in jenem verfluchten Teich badete. Warum sie das tat, obwohl sie von seinem Schrecken wußte, wollte sie mir nie erzählen. Sie war oft sehr niedergeschlagen und voller Zweifel an sich selbst. Vielleicht hing es mit solchen Gefühlen zusammen, ich weiß es nicht.“ Der König mußte sich setzen, ehe er weitersprechen konnte.
„Über sie kam der Fluch und sie sah genau so aus wie du in jener grausigen Nacht. Ich zwang sie, zurückgezogen in ihren Gemächern zu leben, um diese Schmach geheimzuhalten. Allein deiner Amme hatte ich den Zutritt zu ihr gewährt. Vor den Durchlaß zu den Teichen stellte ich Wächter auf. Denn ich hatte Angst, deine Mutter, die dich unter dem Herzen trug, würde womöglich in der Neumondnacht, wenn die Macht der Fee am stärksten ist, noch einmal zu dem Teich gehen. Oder diese schwarze Dämonin würde sie dorthin locken. Du weißt es vielleicht schon: wer in der Neumondnacht das Wasser des Teichs berührt, versinkt sofort und unwiederbringlich in seiner Tiefe.“
Freia dachte an Leanders Vater. Sie und Leander wechselten einen raschen Blick miteinander. Der König sah auf.
„Das war einer der Gründe, weshalb ich glaubte, dich verbannen zu müssen. Ich wollte dich unbedingt von diesem heillosen Teich

fernhalten. Damit dir nicht dasselbe wie deiner Mutter geschehe. Dabei war ich selbst schuld an allem! Hätte ich euch doch nur die Teiche nie gezeigt. Ich hatte mir Segen für dich und deine Schwestern erhofft und nicht Fluch.

Deine Mutter wurde von Monat zu Monat hinfälliger, und es war ein Wunder, daß sie dich überhaupt gesund zur Welt brachte. Ich aber, das muß ich eingestehen, brachte es nicht fertig, sie noch zu lieben. Im Gegenteil, ich mied sie, überließ sie sich selbst, lenkte mich mit anderen Frauen ab und liebte dich, Freia, umso mehr. Nach deiner Geburt besuchte ich deine Mutter nicht mehr. Ich sah sie nie wieder. In der ersten Neumondnacht nach deiner Geburt verschwand sie spurlos. Neben dem Teich fanden wir ihren schwarzen Mantel."

Der König konnte die nie geweinten Tränen um seine Frau nicht länger zurückhalten. Zum erstenmal in ihrem Leben sah Freia ihren Vater weinen.

Bei Sonnenaufgang standen der König, Freia und Leander vor den vier Teichen. Über Nacht waren sie alle ausgetrocknet.

Einige Monate später feierten Leander und Freia Hochzeit. Dann zog das Paar mit dem kleinen Gefolge von Leanders Vater zurück in seine Heimatstadt. Dort wurden Leander zum König und Freia zur Königin gekrönt.

Einmal im Jahr kamen sie hinfort zu Freias Vater auf Besuch. Gemeinsam spazierten sie dann durch den großen Garten.

Wo sich die segensreichen Teiche befunden hatten, blühten nun Blumen in allen Farben des Regenbogens. Wo der Fluchteich gelegen hatte, waren Gräber angelegt worden: eines für Freias Mutter und eines für Leanders Vater. Auf ihnen wuchsen zwei Haselnußbäume.

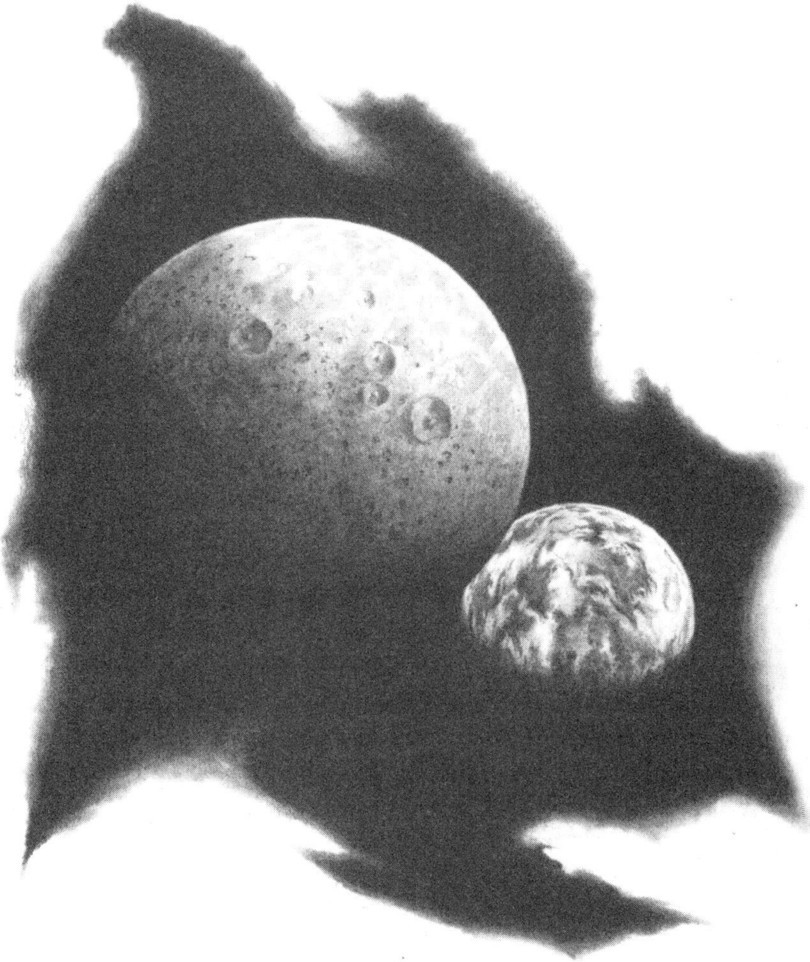

Roland Kübler

Die Geliebten des Mondes

Der Mond hüllt seit Zeiten, die schon fast vergessen sind, alle Liebenden in sein wandelbares Licht und bewahrt ihnen so den schimmernden Schatz ihrer Geheimnisse, die sie miteinander teilen.

In der Zeit vor aller Zeit jedoch wanderte der Mond auf seinem Weg durch alle Himmel hierhin und dorthin, ganz wie es ihm gefiel und in den Sinn kam. Er war jung, voller Tatendrang und großer Begierde, Neues zu entdecken und Fremdes zu erforschen.

Eines Tages nun kam er auf seinem Weg zur Erde, die ihm so sehr gefiel, daß er in heftiger Leidenschaft und Lust entflammte und sich mit ihr vereinte. Da schürzte die Erde das Wellenkleid der Meere und bereitete dem Mond ein Bett auf ihren Äckern, Feldern, Wiesen und Wäldern.

So hätte es weitergehen können, und niemals wäre auf der Erde Leben entstanden, denn es hätte keine Zeit gehabt zu reifen. Wie auch soll die Frucht keimen können, wenn der Landwirt das Feld jeden Tag pflügt.

Doch nach einiger Zeit spürte der Mond wie er schwächer wurde und immer ausgezehrter von dem großen Verlangen der Erde. Und das, obwohl sie ihm all ihre Köstlichkeiten darbot und bereitete. Sein schimmerndes Strahlen verblaßte zusehends, und er konnte kaum noch hoch am Himmel stehen, sondern krebste hohlbäuchig dicht über dem Horizont, so dünn und schwach war er geworden.

Da sprach er zur Erde: „Mein Licht verblaßt, und ich werde dünner als die Sichel des Himmelsschnitters. Ich muß zurück zu den Sternen und Nahrung für mein Licht finden, bevor ich ganz erlösche."

Da die Erde eine kluge Frau war, willigte sie ein, nahm aber dem schon sehr geschwächten Mond das Versprechen ab, wieder zu ihr zurückzukehren.

Das versprach der scheidende Mond gerne, denn er liebte ja die bunte Erde in ihrer Vielfalt, den Meeren und Inseln und ging nicht gerne von ihr weg. Allein, er fühlte sich so elend und ausgezehrt, und in seinem Licht war kaum noch der Funken der Glut auszumachen, die es bedarf, um das Feuer des Mondes zu entzünden.

Als der Mond aber in die Himmel davoneilte, begann er erbärmlich zu frieren, denn da er sein eigenes Licht verbraucht hatte, war es finsterer, als unter einem Bärenfell. Endlich sah er in der Ferne ein strahlendes Licht, das wurde immer heller und wärmer, je näher er ihm kam. Es war das Haus der Sonne, dem der Mond sich frierend näherte.

Er klopfte und wurde willkommen geheißen. Auf der Stelle verliebte sich der Mond in sie und ihren strahlenden Glanz. Mitleidig, aber freundlich sprach diese zu ihm: „Komm in mein Haus, wärme dich und deine Seele. Ich will dich bewirten."

So blieb der Mond bei der Sonnenfrau, aß und trank mit ihr, was sie ihm aus ihrem gleißenden Licht zubereitete und darbot. Und das war köstlich.

„Hier will ich bleiben! Mein Licht wächst und mir ist warm", dachte der Mond bei sich.

Oftmals erinnerte er sich zwar an die Erde, aber der weite, kalte, dunkle Weg durch die Himmel, den er zur Sonne gehen hatte müssen, scheute ihn. Er erinnerte sich noch gut, wie finster es gewesen war, und wie jämmerlich er gefroren hatte.

Fast hätte er die Erde vergessen, als er sich von Tag zu Tag zufriedener betrachtete. Zufrieden, wie er wieder rund und voll wurde, und alle Kräfte in ihn zurückkehrten. Doch an einem Abend, als er satt seinen wieder anschwellenden Bauch befühlte und dabei durch die Himmel sah, erblickte er das Haus der Erde hinter all der finsteren, unwirtlichen Leere. Eine tiefe Sehnsucht erfaßte den Mond, als er die blauen Meerröcke blinken sah, die sein Herannahen sicher herbeisehnten, um endlich wieder einmal vor Lust schäumen zu können. Er sah die fruchtbaren Felder und Wälder, die ihn lockten, Täler und die Berge, weil sie wieder in seinem nächtlichen Schein baden wollten.

Da sprach er zur Sonne: „Wenn ich noch länger in deinem Licht wohne, und mich dein Licht nährt und wärmt, werden mir meine Lebenskleider nicht mehr passen und platzen. Ich werde ein wenig auf Wanderschaft zur Erde gehen. Aber ich verspreche, schon nach kurzer Zeit werde ich zu dir zurückkehren."
Die Sonne gewährte ihm seinen Wunsch, denn sie war sehr klug. Außerdem hatte sie den Mond lieb gewonnen, und insgeheim sagte sie sich, daß er wohl recht habe mit seinem Ansinnen.
So wanderte der Mond prall und rund durch die kalte Leere, die er nun mit seinem neugefundenen Licht weit erhellen konnte, wieder zurück zur Erde, deren Meere zu wogen begannen, als die Nächte sein Nahen ankündeten.
Damit aber Erde und Sonne in Zukunft niemals unnötig auf die Rückkehr des Mondes zu warten hätten und sich nicht in nutzloser Erwartung verzehren mußten, stellten sie einen Plan auf, der Rückkehr und Ankunft des Mondes auf Erde und Sonne auf das Genaueste regelte. Denn die beiden verstanden sich gut und mochten sich gerne. Als auch der Mond damit einverstanden war, setzten alle ihren Namen darunter. Seither geht das Leben auf Erde und Mond einen geregelten Gang und viel Leben konnte entstehen.
Nur in Zeiten von Sonnen- und Mondfinsternissen sind sich Erde und Sonne einmal gram und zürnen miteinander. Doch die Schattentücher, die dann über ihren Häusern liegen, werden vom Mond auf seinem schnellen Lauf zwischen seinen beiden Liebsten, schnell wieder fortgenommen.

Wolfgang Sewald

Der alte Schamane

Zufrieden und mit heiterem, von den alltäglichen Pflichten losgelöstem Gemüt, blickte der alte Schamane auf die weite Ebene hinunter. Obwohl er schon mehr als neunzig Winter gesehen hatte, war die Sehkraft seiner Augen so klar und scharf wie in der Jugend. Nichts entging ihnen.
Aus der Entfernung und gegen das Licht der Abendsonne, wirkten die Zelte seines Stammes wie in die Landschaft gesprenkelte, elfenbeinfarbene Pyramiden. Eine Antilopenherde zog grasend am Fluß entlang, die wie eine riesige blauschimmernde Schlange durch das Land mäanderte. Ein Raubvogel zog seine Kreise am Himmel und am Fuß eines mächtigen Felsblocks, kaum zwei Armeslängen entfernt, war eine Maus auf der Suche nach Insekten und Würmern. Ein seichter warmer Lufthauch strich über die Haut des alten Mannes und ihm war, als liebkose ihn der Wind, als verabschiede er sich von ihm wie von einem guten Freund. Ja, dachte er, das sind wir wohl Zeit meines Lebens gewesen, gute Freunde. Für ihn, den Mann, der mit den Geistern sprach und der die Erde, die Natur über alles liebte, war der Wind ein Verbündeter, lebendes Zeugnis einer geheimnisvollen Welt.
„Danke, Bruder Wind", sagte er mit freundlich klarer Stimme, „daß du noch einmal zu mir kommst in meinen letzten Stunden und mir deine Gunst erweist. Danke für die Hilfe und Unterstützung, die du mir selbstlos gewährt hast. Ich hoffe aus ganzem Herzen, du wirst andere finden, die dein wahres Wesen erkennen, so wie ich es erkannt habe." Der alte Schamane neigte leicht den Kopf. Wie auf ein verabredetes Zeichen fuhr der Wind durch sein langes weißes Haar und wirbelte es durcheinander, tanzte ein letztes Mal mit ihm. Der alte Mann lachte und seine Augen leuchteten wild und leidenschaftlich.
Dann war der Wind fort und wandelte wieder auf seinen eigenen Pfaden, die keines Menschen Seele ergründen kann.
Natürlich war das Alter nicht spurlos an dem Schamanen vorübergezogen, aber irgendwann hatte er aufgehört, die Jahre zu zählen. Was, so hatte er sich damals gefragt, spielen Jahre noch

für eine Rolle, wenn die wahre Kunst im Erleben des Augenblicks liegt. Er schmunzelte. Jetzt, im hohen Alter, konnte er die Dinge mit Gelassenheit betrachten. Aber er wußte, es war nicht immer so gewesen. Manche Unbedachtheit war ihm in seiner Jugend über die Lippen gekommen, und seine ungestüme Art hatte ihm des öfteren empfindliche Strafen seitens des Vaters eingebracht.
Ein stolzer, würdevoller und gerechter Mann war sein Vater gewesen, an den er sich immer mit tiefer Liebe erinnerte. Eines Tages war er gegangen, ohne ein Wort des Abschieds, wie es zu seinem verschlossenen, in sich gekehrten Wesen paßte. Noch am Abend zuvor hatte er sich sehr bemüht, seine Gefühle zu verbergen, aber an der Art, wie er beim Abendessen seine Augen niederschlug und wie seine Stimme leiser wurde, erkannten alle, wie heftig diese waren. Doch niemand hatte ihn darauf angesprochen. Niemand hatte den Mut besessen, die unsinnige Tradition zu brechen, nach der man die hohe Stellung des Medizinmannes dadurch anerkannte, daß man schwieg, bis er das Wort an einen richtete. Und diese Regel galt besonders in der eigenen Familie. So hatte sein Vater sich in die Einsamkeit zurückgezogen, um allein zu sterben, so wie er selbst es jetzt tat.
Seit zwei Tagen saß der alte Schamane hier und sah auf das Stück Land hinunter, das ihn Zeit seines Lebens genährt hatte. So viele Sommer und Winter hatte er kommen und gehen sehen. Die Jahreszeiten waren ihm wie grundverschiedene Brüder gewesen. Der Frühling, ein lebensfroher Geselle, voll unstetem Tatendrang und sinnlicher Triebhaftigkeit. Der Sommer, ein hitziger Bursche voller Leidenschaft, der hin und wieder zur Trägheit neigte. Der Herbst, ein zu Zeiten schwermütiger Wanderer in den Gefilden der Einsamkeit und lächelnder Hinweis auf die inneren Welten. Und der Winter, kalter, eisiger Bruder, Mahner und Künder der Endlichkeit allen Lebens.
Und dieser kalte eisige Bruder hatte ihm unmißverständlich die Hand auf die Schulter gelegt. Deine Zeit, alter Mann, hatte er gesagt, ist vorbei. Einige Tage gewähre ich dir, damit du Rück-

schau auf dein Leben halten kannst. Nutze sie wohl.
Daraufhin hatte der alte Schamane all seine bescheidenen Habseligkeiten in einen Beutel getan und war ruhigen, bedächtigen Fußes durch das Zeltlager geschritten. Er erinnerte sich noch einmal der verstorbenen Freunde, hatte ihnen still seinen Dank ausgesprochen und sich dann von den noch lebenden verabschiedet. Am Ende war er zu der Frau gegangen, die sein halbes Leben mit ihm geteilt und ihm drei Töchter geschenkt hatte. Er liebte sie alle aus tiefstem Herzen und doch, mußte er sich eingestehen, war sein größter Wunsch ihm verwehrt geblieben: Der Wunsch nach einem Sohn, den er in die Jahrhunderte alte Lehre einweisen und der jetzt sein Amt hätte übernehmen können. Aus diesem Grund hatte er mit vielen Frauen des Stammes das Lager geteilt, doch es war wie verhext gewesen. Wenn sie ihm ein Kind gebaren, waren es immer Töchter. Schließlich hatte er es als einen Wink des Lebens genommen und sich in sein Schicksal gefügt.
Immer war er, was seine Arbeit betraf, allein gewesen, hatte Kranke geheilt, mit den Geistern gesprochen und den Stimmen der Natur gelauscht. Und so allein, aber eins mit der Welt um sich her, wartete er jetzt auf seinen Tod. Kein Kummer oder gar Wehmut belasteten ihn. Er hatte ein erfülltes, leidenschaftliches Leben gelebt. Es gab wenig, was er bedauerte.
Und während er wartete, beobachtete er ein letztes Mal den Lauf der Sonne. Ließ sich von ihren hellen Strahlen wärmen und von ihrer lebenspendenden Kraft durchdringen.
Schließlich, als die Abenddämmerung hereinbrach, begann er leise ein Lied anzustimmen. Zuerst klangen die Töne rauh und mißgestimmt. Doch dann löste sich etwas in seinem Herzen, in seinem Hals, und der Gesang vereinte sich mit den länger werdenden Schatten der Umgebung, verschmolz mit ihnen zu etwas Unerklärlichem.
Nach einer Weile verstummte er und ließ den Blick erneut über das weite Land schweifen. Mit jedem Atemzug nahm er es in

sich auf, erinnerte sich all der Gefühle und Empfindungen, im Guten wie im Schlechten, die es ihm geschenkt hatte. Er wollte nichts zurücklassen, wollte alles mit durch den Spalt zwischen den Welten nehmen, um dann von der Erde zu verschwinden. Immer war ein Grundsatz seines Lebens gewesen, einen Ort so zu verlassen, wie man ihn vorgefunden hatte.

Der alte Schamane lächelte. Dir selbst treu bis zum Ende, dachte er, und schalt sich einen Narren. Aber es gab nun einmal Dinge, die waren einer höheren Welt zugeordnet und darum unverrückbar.

Die Schatten verlängerten sich und gingen in das Dunkel der Nacht über. Der Wind kühlte ab und heulte eine Zeitlang in den Felsritzen. Nicht weit entfernt huschte ein nächtlicher Jäger vorbei, vielleicht ein Marder oder ein Dachs.

Der alte Schamane begann wieder einen Gesang anzustimmen. Diesmal war es sein ureigenstes Lied. Ein Lied, das nur seine Seele hervorbringen konnte, und das er sich bis zu dieser Stunde aufgespart hatte, der Stunde seines Todes. Er schloß die Augen. Weit hinaus trugen die Töne in die sternenklare Nacht, sprachen von Trauer und Freude, von Menschen, die viel zu früh gegangen waren und von den gemeinsamen Abenden mit ihnen. Von knisternden Lagerfeuern und dem Erzählen endloser Geschichten an frostigen Winterabenden. Von der Jagd auf den Bison, von Glück und Schmerz. Von den Männern und Frauen, die eine Rolle in seinem Leben gespielt hatten und von den Kindern, die von der Hoffnung in die Zukunft zeugten. Deutlich sah er in der Welt seiner Erinnerungen die Schicksalsfäden, die seinem Leben den Stempel aufgedrückt hatten. Aber er sah auch die Macht, die er durch seine Berufung erlangt hatte, um eben dieses Schicksal zu beeinflußen. Er hatte diese Macht benutzt und hatte sich von ihr benutzen lassen, je nachdem wie die Zeichen der Natur, die Zeichen des Geistes es ihm eingegeben hatten.

Das Lied entströmte seinen Lippen und entwickelte eine eigene innere Kraft, die ihn forttrug und seine Gedanken zum Stillstand brachten. Ein Zustand, der ihm nicht neu war und darum auch keine Angst erzeugte. Im Gegenteil. Die Stille war für ihn immer ein Ort der Freiheit gewesen, die ungeahnte und unbekannte Wahrnehmungsräume eröffnete. Sie war die Quelle des Schöpferischen, eine rätselhafte, geheimnisvolle Welt. Jetzt, am Ende seines Lebens, hoffte er, ganz in diese Welt überzugehen.

Während der Mantel der Nacht ihn umhüllte und die Natur in schwarzer Formlosigkeit verharrte, rief er gelassen seinen Tod herbei. Komm, dunkler Bruder, hieß er ihn willkommen. Nimm mich mit auf die große Reise.

Der alte Schamane war sicher, mit allem abgeschlossen zu haben, und darum wunderte es ihn, daß nichts geschah. Er wußte nicht genau, wie er sich das Ende seines Lebens vorzustellen hatte. Ob ihn eine kalte Hand berührte oder ob ein Schauer durch seinen Körper rieselte - und dann war es vorbei. Aber was immer er sich auch gedacht haben mochte; nichts dergleichen geschah. Er saß da und wartete, während die Stunden vergingen.

Als der erste graue Schimmer am Horizont die Farben und Formen der Welt zu neuem Leben erweckte, schaute er verwundert um sich.

Wo blieb der Tod?

Eine Bergammer begann zu singen und in einiger Entfernung sah er eine Krähe fliegen, deren rauhes Krächzen durch die morgendliche Stille hallte. Und während er darüber nachdachte, warum er noch lebte, hörte er plötzlich das Geräusch eines fallenden Steins. Vielleicht ein Berglöwe oder ein Schaf, vermutete er. Denn nach einem größeren Tier hatte es sich angehört.

Gerade als er aufstehen wollte, um nachzusehen, tauchte das Gesicht eines Indianers hinter einer Felskante auf. Verblüfft blieb der junge Mann stehen und musterte den alten Schamanen neugierig. Dann senkte er den Kopf, weil er bemerkte, daß er es an der nötigen Ehrerbietung fehlen ließ.

„Komm näher“, forderte ihn der alte Schamane auf, „und setz dich.“

Eine Weile saßen sie schweigend nebeneinander und blickten über die weite Ebene.
„Was tust du hier“, brach der alte Mann die Stille, „allein und so weit vom nächsten Lager entfernt? Hast du deinen Namen gesucht?“
„Ja“, antwortete der Jüngere.
„Hast du ihn gefunden?“
„Nein.“
„Das ist nicht gut.“
Der junge Mann sah ihn an.
„Ich kenne dich“, sagte er dann. „Ich habe dich gesehen, beim Treffen der Medizinmänner im letzten Sommer. Du bist der Schamane des Stammes, der dort unten in der Ebene lagert.“
„So ist es.“
„Etwas Seltsames ist um dich.“
„Was meinst du?“
„Ich spüre etwas, eine Kraft, die mir sehr nahe ist, und doch kann ich sie nicht einordnen.“
„Daß du diese Kraft spürst, liegt an deiner Visionssuche. Sie hat dir die Pforten zur anderen Wirklichkeit geöffnet. Daß du sie nicht einzuordnen weißt, an deiner Jugend. Was du wahrnimmst, ist der Tod. Er umkreist mich, aber er nimmt mich nicht mit.“
„Vielleicht ist die Zeit noch nicht reif?“
„Die Zeichen waren eindeutig.“
Darauf wußte der junge Indianer nichts zu sagen. Der alte Schamane war weithin bekannt für seine starke Verbindung zum Großen Geist, und sein hohes Alter verlangte die gebührende Achtung.
Wieder blickten sie schweigend auf die Ebene hinunter.
Nach einigen Minuten kam dem alten Schamanen der Gedanke, den jungen Mann fortzuschicken, aber irgendetwas hinderte ihn, seine Absicht in die Tat umzusetzen. Statt dessen begann der Wind zu wehen. Anfangs war es nur eine kaum merkliche Brise, doch dann fegte er mit heftigen Böen um die beiden Männer und

zerrte an ihren Kleidern. Keiner der beiden sagte ein Wort. Sie wußten, dieser Wind war ein Omen und es galt, aufmerksam zu sein.
Der Schamane begann sich hin und her zu wiegen, war ganz von der Magie des Augenblicks eingenommen. Er schloß die Augen und sank in seine innere Welt. Etwas kam aus der Entfernung auf ihn zu. Und als er schließlich erkannte, wer da kam, kräuselte ein Lächeln seine Lippen. Es war der Tod. Jetzt war der Moment seines Abschieds gekommen, und er war nicht allein. Ein junger fremder Mann war bei ihm, und er konnte ihm eine Lehre mit auf den Weg geben, die er sein Lebtag nicht vergessen würde: Die Lehre, daß man dem Tod gelassen und heiteren Gemüts entgegenschreiten konnte. Welch ein Geschenk, dies als letzten Akt auf Erden weitergeben zu können.
Doch in dem Augenblick, als er glaubte, daß der Tod ihn berühre und mitnehme, blieb der dunkle Bruder stehen. Zwei kohlrabenschwarze Augenlöcher blickten dem alten Schamanen aus der Tiefe des eigenen Wesens entgegen.
Dann lachte der Tod und sprach:
„Ich habe dich nicht gerufen, um dich zu holen. Ich habe dich gerufen, damit du dem jungen Mann seinen Namen gibst."
Der alte Schamane öffnete die Augen und blickte erstaunt zu dem jungen Indianer an seiner Seite.
„Du weißt, daß ich hierhergekommen bin, um zu sterben?"
„Ja", bestätigte der junge Mann. „Du hast es erwähnt."
„Und du hast keine Angst?"
„Nein."
„Und du hast deinen Namen nicht gefunden?"
„Nein. Aber warum fragst du mich das?"
„Warte einen Moment."
Der alte Mann schloß die Augen.
Der Tod war noch da.
„Also", fragte der alte Schamane. „Wie ist sein Name?"
„Der den Tod nicht fürchtet."

Als der alte Schamane das hörte, lachte er laut und wußte plötzlich, welch ein Narr er gewesen war. Die Zeichen waren eindeutig, hatte er gesagt. Nichts war eindeutig, nicht einmal der Tod. Er schüttelte belustigt den Kopf, öffnete die Augen und legte seine Hand auf den Arm des jungen Mannes.
„Deine Suche ist beendet“, sagte er. „Ich weiß deinen Namen.“
„Du?“
„Mein Tod hat ihn mir gesagt. Dein Name ist `Der den Tod nicht fürchtet`.
„Der den Tod nicht fürchtet“, wiederholte der junge Mann. „Der Name gefällt mir.“
„Ja. Ein guter, ein starker Name“, bestätigte ihm der alte Schamane. „Und er sagt mir, das ich endlich einen Nachfolger gefunden habe.“ Und den Sohn, dachte er, den ich mir Zeitlebens gewünscht habe. Aber das behielt er noch für sich. „Ich bin nicht hier, um zu sterben“, fuhr er fort. „sondern um den Schatz des Wissens weiterzugeben.
„Du meinst ...?“
„Ja.“ Sein liebevoller Blick richtete sich auf die Gestalt des jungen Indianers. „Die Zeichen sind eindeutig, oder?“
Dann lachte er schallend.

Martin Bauschke, Jahrgang 1962, ist Diplomtheologe und wohnt in Berlin. Er hat eine Dissertation über den christlich-islamischen Dialog geschrieben. Seit Jahren hält er leidenschaftlich gerne Märchenpredigten, in denen er die Weisheit des Lebens (Volksmärchen) und die Weisheit des Glaubens (Bibel) miteinander in Verbindung bringt.
In der Anthologie Feuerblume (Verlag Stendel) hat er bereits ein Märchen veröffentlicht.

Roland Kübler, Jahrgang 1963, lebt als freier Schriftsteller im Remstal bei Stuttgart. Er ist einer der erfolgreichsten deutschsprachigen Märchenschreiber. Das Märchen „Die Geliebten des Mondes" wurde von Roland Kübler nach einer mündlichen Überlieferung von Sigrid Früh neu geschrieben.
Bisherige Veröffentlichungen: „Die Sagen um Merlin, Artus und die Ritter der Tafelrunde", „Die Mondsteinmärchen", „Traumfeuer", „Traumsegel", „Der Märchenring", „Feuerblume", „Lichtauge" (Verlag Stendel).
Mitherausgeber und Autor: „Die Farben der Wirklichkeit", „Wieviele Farben hat die Sehnsucht", „Männertraum(a)", „Der Gesang des Wales" (Lucy Körner Verlag).

Wolfgang Sewald, Jahrgang 1956, lebt und arbeitet als freier Schriftsteller in Bramsche bei Osnabrück. Er hat bisher sechs Romane (alle im Dana Verlag) veröffentlicht.

100 Seiten · illustriert·
DM 19,- · sFr 18,- · öS 139,-
ISBN 3-926789-02-6

Das Märchenbuch mit dem Edelstein

Roland Kübler

DIE MONDSTEINMÄRCHEN

Der alte Märchenerzähler Oyano kehrt mit seiner Schülerin Gwen heim in die Stadt am Meer. Vieles hat sich in der Zeit seiner Abwesenheit verändert. Obwohl der Reichtum der Bewohner zugenommen hat, leiden die Menschen unter der Herrschaft des neuen Regenten. Mit der Kraft der Märchen versucht Oyano seine Stadt von dem Tyrannen zu befreien...

Das Märchenbuch mit dem Steinring

Roland Kübler

DER MÄRCHENRING

Tief unter dem Drachengebirge liegen die Geheimen Grotten, und dorthin hat sich Aydin, eine Schülerin des alten Märchenerzählers Oyano, aufgemacht, um ihren Märchenstein zu finden.
Gleichzeitig nistet sich etwas Dunkles ein in Herzen und Seelen der Menschen. Es scheint, als ob diese Bedrohung ihren Ursprung in den Geheimen Grotten hätte...

136 Seiten · illustriert
DM 27,50 · sFr 26,- · öS 201,-
ISBN 3-926789-11-5